丁丁张 ——

强光直射

著

人民文学出版社

图书在版编目（CIP）数据

强光直射 / 丁丁张著． -- 北京：人民文学出版社，2025. -- ISBN 978-7-02-019235-9

Ⅰ．I247.5

中国国家版本馆 CIP 数据核字第 2025WB4578 号

责任编辑	马林霄萝
责任印制	宋佳月

出版发行	人民文学出版社
社　　址	北京市朝内大街166号
邮政编码	100705
印　　刷	北京新华印刷有限公司
经　　销	全国新华书店等
字　　数	124千字
开　　本	787毫米×1092毫米　1/32
印　　张	9.875　插页1
版　　次	2025年6月北京第1版
印　　次	2025年6月第1次印刷
书　　号	978-7-02-019235-9
定　　价	59.00元

如有印装质量问题，请与本社图书销售中心调换。电话：010-65233595

1.

大白天的，车就直接冲下高架桥去了。

是个普通周一，每辆车都在赶路，车中人们身体前倾，重心和手汗都压到方向盘里，似乎这样能更快一些。

撞击栏杆后，那白色宝马X3车头泛起白烟，尾部撅起，硬生生翻了个跟斗，细小破碎的零件如同雀群惊起。情状当然不是电影大片里那种，一点也不华丽，车身没能翻转几周，是接近笨拙的直接顶部朝下坠落，然后砸中高架下一辆正在行驶中的厢型面包车。

后车们刹车不及，发生连环追尾，高架下整条路如幼蛇吞下巨鼠，迅速卡出一个疙瘩。高架上的则平行世界般不受影响，那撞击声像沉默拥挤的早高峰环路上的一声喷嚏，迅速消失在空气中。后车们补齐前车位置，统一向右张望后快速离开，有人将手机伸出车外，但什么也没拍到。

有巡警骑摩托走应急车道闪着警灯逆行而来，远处路面反射出刺目的强光。

日照强烈。

后来新闻报道说，事故造成十二车连环追尾，一人死亡，五人轻伤。肇事车主汽车报废，车内夫妇竟神奇地全都活着，不过被砸中的厢货车司机当场殒命。报道称这天本不是他的班，但因同事请病假，他愿意帮忙去五棵松收急件。新闻以短视频形式呈现，字很大，音乐颇为煽情。标题是"本可以逃过一劫，却遭遇天降横祸"。事故原因还在调查中，暂无结论。

天气预报显示，一月的这天晴朗无云，气温在零下4度到1度，空气质量优，指数43。

新年刚过了，像没过一样。

2024年刚刚冒头，老被人写错，要画掉再改成正确的，年份和人一时都反应不过来。不过阳历新年在中国什么都不算，更重要的"辞旧迎新"在下个月——春节，全国人民都要停下来玩命享受的那些天。真正的年还没来，这一年就没到底，不算完，一定还有机会。人们忙碌中夹带着急切、期盼和疲惫，急于结束这一年，但要抓住些什么当作收获，什么都行。

五分钟前，高架上还什么都没发生时，陈亦奇正在车内思考所谓"意义"。当然，生命的意义在周一的早高峰显得毫无意义。大家统一时间上路，在路上堵住彼此，所有人为难所有人，彼此互为肇事者和受害者，所有人都无可奈何。陈亦奇刚挂完母亲电话，听她细细讲自己的后脑的那一团雾，早上准时升起下午三点才落下，还有父亲缠绵的腿痛，说是上次骨折处有积液，怕是股骨头坏死，唯恐需要常年用拐，情绪非常不好。环节进行到叮嘱他好好吃饭时，他以马上开会为由挂了电话，长吐一口气。

他手将后视镜向下稍微掰点儿，镜中人瘦白，鼻子端正，鼻梁锋利，但胡子忘了刮，幼弱的几根挂在嘴角斜上方。一绺头发翻翘起来，显出昨日睡姿。他背总是驼的,显得脖子更长。疲惫是年龄的衍生物,皱纹爬到脸上前,一般先由它们试探。

陈亦奇甚至是好看的,但他早就忽略了这件事。夸一个男人好看更像是一种讽刺,像他没有别的优点似的。他也早就习惯了这些夸赞,总要客气一番,皱起那张俊脸,连忙摆手说没有没有这不值一提,以便和其他人达到一种平衡。女客户们哈哈大笑,男客户们则笑得轻些,意有所指,大概意思是你小子占尽好事(男人们在这方面倒是从不嫉妒)。有很多好事么?陈亦奇并不清楚,男人好看这事儿,更年轻时似乎隐隐发挥着作用,现在越来越少。

陈亦奇突然意识到自己翻年要三十四岁,毋庸置疑将步入中年,又觉得何以至此呢?于是"意义"像石墙上硬长出的草,就这么冒了出来。怎么突然间变成中年人了?90后不是前两年才刚刚新鲜进入社会么?

他已然有了成年人的疲乏倦怠——欲望肉眼可见地减退,责任爬上肩头,对那些认识自己爱自己要依靠自己要一个字一个字喊出自己名字的人,他是重要的存在。总之,生活正将他变得潦草,整个人像之前练好过的字,如今不再好好写,只能依稀看出骨架。

陈亦奇将后视镜调回,那辆白车突然就从应急车道插到自己车前。这不止不礼貌,简直是挑衅。陈亦奇猛踩刹车,倒吸一口冷气。随后发现前车是和自己同款的白色宝马X3,估计是心急赶路硬走了一段应急车道,又怕被监控拍到,现在强行汇入自己车所在的最右侧行车道。车贴了很深的膜,什么人在开车车内什么情况一概不知。

陈亦奇按下车窗,本想谴责一句,又觉得没有必要。这段时间不知怎么了,脑中常有"没有必要"这四个字浮现,像什么被植入了心智——没有必要。

冷风像被冰水浸过灌入车内,让他打了个寒战。早高峰的东三环,阳光直射下来,刺眼得不像冬天。前车的副驾驶窗突然飞出红色的物件,自然是被车上人扔出来的。那东西撞到护栏,再摔落在地面上,大小该是结婚证,能听到前车一男一女的对骂声,都怒不可遏。

今天没有风,不像昨天晚上,风那么大。关上车窗，陈亦奇深深吐一口气，暖意回来了一点点。互相想杀掉彼此的，偏偏要做情侣，正是人类的荒谬之处。

昨夜，女友抢了他的手机，扔到一边。她人又压在他身上，下半身紧紧抵住他的，擒住了他，她缓缓移动臀部，只穿了睡裙。她发丝从他脸上滑过，双手撑于他腋下，她用他曾经的姿势，认真看着他，目光复杂，说不出是爱是恨。

人和人之间一旦建立关系，就开始战斗，交换体液、审美，一种角力，控制与反控制，一场你死我活的八角笼决战，没有中场休息。

他昨夜着实不想，即便身体已经有了反应——但这事儿太麻烦了。何况天气又冷。何况微信群里还有很多事儿要忙。何况人刚好不容易困了，怕一折腾太兴奋，会影响休息。何况明天周一，要早起。何况风声那么大。

那窗户确实松了要换，明天必须跟房东说说。窗子发出啸叫声，像有人刚学吹口哨总学不会吹不响，只能发出难听的"去去"声。陈亦奇走神了。

昨夜他是真的不想做爱，但女友已经俯下身体吻他。昨夜的风确实很大，不然不会有今天这么响晴的天。当时他不该睁开眼睛的，他被扔掉的手机在距床一米外的地毯上亮起来，弹出提示框。他伸手去够手机，手指像只蝎子爬过去。他一边应付着女友的舌头，一边含糊地说，这窗户真得修。足够熟悉的人，拒绝是不用说"不"的。

他舌头一阵剧痛，女友已从陈亦奇身上下来，顺带将被子掀开，将他晾在空气中。白色的顶灯被打开了，陈亦奇干瘦的四肢被照得雪白，这房东为什么要在卧室装这么亮的灯？！陈亦奇挡住眼睛，身上就剩条松垮的四角裤，人像不慎把屎拉在家里的狗，要在女友的低气压中找点事做。

他翻身去拿手机，女友一言不发，走出卧室。等他过去求和时，女友已经穿戴整齐。他想抱她，补救一下，打算把刚才的事情重新再做一遍。但太晚了，女友的脸、身体和她刚穿上的羽绒服表面都是冰凉的，接近零度。

她什么都没说摔门而去——实际上她连门都没有摔，只是离开得快速、果决，没给陈亦奇挽留的时间。不像之前，能感觉到她在等他叫住她。

女友是带着全身心的绝望和放弃，消失在大风之夜的。

陈亦奇知道她的怒气来源，知道她刚才的主动是一种求和与示弱，一种得饶人处且饶人，一种算了吧我们另起一行重新来过。他竟然敢投反对票？真是罪该万死！可又是什么在脑中说着，要追出去吗？有必要吗？要去大风里拉扯吗？都多大岁数了？要去彼此咒骂，穷尽毕生所学争辩吗？要最后两人抱头痛哭言归于好吗？最后句子和眼泪迎风溃散，人被凉风灌饱，肚子叽里咕噜，再回到家里要放一个小时的屁才能把它们排空。

有必要吗？生命苦短——没有必要。

2024年还没有一件好事儿。女友说，看来要去庙里拜拜。陈亦奇说不要对坏事做过多联想，也不要美化自己没有的东西。好坏都止于一念。女友瞪他。我不是你的员工，她说。

她其实尖刻、聪明、不好惹，可也愚笨、包容、充满母性。母性是女人最大的风险——一旦暴露这个底线，男人知道你终将无计可施。一旦你像妈妈般爱他，就被他们看透，你将在他们那里丧失威仪，最后他们连哄都懒得哄。女友说。你应该和曹志朋过，我去和我闺蜜过。

她说，男的和男的过，女的和女的过，这世界一定会美好很多。

她和陈亦奇交往超过七年，四年他都在创业。陈亦奇为数不多的精力全部交给了公司，项目、会议、客户、团建，女友必须配合（只得找些缝隙跟他相处，除了一起睡觉外，缝隙不多）。他更忙一些，显得责任重大，没有他做决定公司或无法运转（其实根本不是）。她反正只是上班而已，just（他相当轻蔑）为资本打工，可以理所当然地摸鱼，过于认真反而显得愚蠢。女友坚持说，我爱的是我的工作，不是公司。而且正因为工作，所以才能更好地休假。这是她关于工作的理念（工作只是为了更好的生活，大部分人忘了这一点）。

她从年初开始攒年假，要求陈亦奇今年必须和她一起去日本跨年，她提前三个月订了位于日本能登半岛的"灯之宿"酒店。

那酒店有444年历史,在世界长寿企业中排名353,以能眺望月光和朝阳的洞穴温泉闻名,还有"此生至少吃一次"的能登料理。日译中的翻译页面相当凶悍:你必须吃至少一次在你死之前。

她反复跟陈亦奇确认时间,每一次都像已然坐上了当天的飞机,心情愉悦起来。人总是这样,期待时比达成时更加快乐。

按照计划,他们将于12月31日早上八点飞往大阪关西机场,再乘坐预订的商务车一路向北六个半小时,日本时间晚上八点前到达酒店。晚餐已订好,是传统能登料理,但还不是"此生死前必吃"的那一顿,第二天晚上那顿才是。他们将在这里跨年,悠闲自在地待足五天。

30日晚,女友一个人在家收拾箱子接到陈亦奇的电话时,内心已有不好预感。电话大意是有客户"临时"来公司拜访,到了晚上"临时"加了一顿晚餐,又因为晚餐时候大家"临时"喝了酒,于是要"临时"续一摊卡拉OK。陈亦奇的三个电话在三场"临时"

间隙打来，阶梯状呈现不同程度的酒醉状态。他之前从不这样。晚上十二点时，陈亦奇口齿清晰地说看样子要到早上，那不如我们机场见，只是拜托宝宝你帮我收拾及带上行李，护照在我身上你不用管，我保证，现在开始不喝酒，我保证，见到你的时候我会很清醒。"宝宝"是他"知道错了"的暗语，平时他不这么叫她，他什么都不叫。

那通电话之后她就和陈亦奇失去了联系。他本不是这样的人，也正因如此，女友才更加愤怒，一切看起来像刻意为之。男人在相伴初期负责制造惊喜实现愿望，后期则致力于打乱计划和毁掉一切美好，有时急需拉屎，有时有其他理由。女友在机场等到极限时间，但没有再联系他，微信电话都没有，最后只得带着两人的行李独自起飞。落地后她放弃再找陈亦奇，开机第一件事就是拉黑了他，方方面面的，包括支付宝账号。

她早哭完了，再哭毫无新意。愤怒已被另一种奇妙的情绪取代，金牛座的好胜心和ENFJ的执行力，让她决定不再受任何干扰，她要独自且完美地完成这次旅行。注意，她使用的是"完成"这个词，显得庄重、有意义感。那一瞬间，她突然发现自己其实一直在寻找这样的机会——将事情闹大，顶格处理，借此重新梳理下自己和陈亦奇的关系，清算这些年来他对她逐渐显现的忽视、怠慢和漠不关心。她要求自己心狠一点，明晰诉求，绝不再重蹈覆辙。还有比这更好的事儿吗？你正恨着一个人，他把头伸过来，又正好犯了重罪，不行刑说不过去！

陈亦奇觉得自己确实不对，但要说十恶不赦也谈不上（又没干别的）。他几乎没迟到过（不算劣迹恋人），旅行迟到醉酒误机更是绝无仅有。当然，近几年和女友的旅行确实少，几乎没有，上一次还是去三亚，也是四年前的事儿了。但现在阶段不同了是吧咱们关系也不一样了啊。

前车尾灯猛然亮起，陈亦奇只得跟着狠踩了一脚刹车。现在更多东西从前车窗户里扔出，手串、车载充电器、保温杯、毛绒蜡笔小新，换个地方这或足以被定罪，在我们这里只会上社会新闻，情侣日常发疯。

陈亦奇厌倦了吵架，习惯了挨打立正。事实上，酒醒后看到自己误机的那一刻他有一秒钟小小的报复的快感，类似青春期逆反，果然一个男人你还是不能孩子般爱他。他终于找到机会，用来抵抗来自她的安排和改造。真爽。嗯，爽和死，颇多相似之处，都没有同音字。但女友电话一直没有再打来，不太寻常。于是他试探着发微信过去说，我马上赶来。他几乎不说对不起。为表郑重，他没有发那个跪地磕头的 gif 表情。陈亦奇发现自己被拉黑后松了一口气，这证明女友已经安全抵达，人和脾气和对自己的恨意都还在。他在机场值班柜台苦等三个小时，终于拿到了次日上午八点四十四分飞往东京羽田的一张机票，大阪是一张都没有。

三小时里，他一直在努力回忆和女友此行的目的地，主要是酒店的名字。他觉得是宿醉严重影响了他，以至于他必须通过和女友的聊天记录，才逐渐拼凑出——能登半岛、温泉、料理、灯之宿这些相关的信息。他确实连酒店大概在哪里都没记住，实在很难说得出口这次旅行于他相当重要。

新年这天，陈亦奇背着个双肩包轻松（他装的）

抵达东京羽田机场。过海关时他有过一丝担心,毕竟和女友失联已经超过三十个小时,这打破了双方的冷战纪录。他试着拨打电话,没人理他,而更大的恐慌在于,他对自己落地羽田机场后如何抵达能登的"灯之宿"酒店一概不知。迅速办完出关手续,站在东京海龟状四通八达的地铁线路图表前,陈亦奇决定走一步看一步,比如先填饱肚子,他已超过三十小时没吃过东西。

吃了碗足量吉野家后,陈亦奇买了东京羽田到大阪的新干线车票,预计下午三点五十五分到达大阪站。陈亦奇坚持告诉自己车到山前必有路,到了那里再做打算。实在不行,就打车过去。但他看地图时内心是崩溃的,海岸线如犬齿交错,酒店则面朝大海,在凹进去的最深处。他依稀记起女友介绍说,这酒店之前是必须坐船才能抵达的,现在终于通车。陈亦奇内心对女友能找到并订到这种酒店生出一丝敬意,又不免觉得这种津津有味略显俗气。想着自己今夜终要成为他们中的一员不免痛苦,形式感于他如同酷刑,包括拍过多(超过一张)的照片,包括猴子般粘着一张脸在私汤池里头顶着毛巾，面前是升腾的温泉热气和煨好的清酒。包括穿着不透气的浴衣拍照，在榻榻米上环抱住大吟酿的瓶子，背景是梅兰竹菊贺岁图和巨型达摩头。她原来是适合他的，水倒入水杯般自然，是什么时候变了？他变得愤怒，真是——俗不可耐。

1月1日下午四点零九分，陈亦奇到达新干线大阪站，急于在自动售货机中买瓶水喝。日本吉野家怎么那么咸？他这样想着往自动售货机里塞了两个一百块，水应声落下，找出的零钱哗啦啦地滚落，让他觉得又真实又落后。他好久没有摸过现金，硬币触感冰凉。起身时人感到一阵眩晕，有点儿站立不稳。

宿醉还没醒透？哈哈哈哈最好的饮酒量是滴酒不沾，哈哈哈哈酒最后会要了我们的命。他的搭档曹志朋拿着麦克风说话，端着酒杯晃晃悠悠。酒后的男人以为自己说的每句话都有哲理，偶得金句要得意很久。然后他说，但，但，但，持续活着也会要了我们的命哈哈哈哈。

陈亦奇终于站直，摸着后脑想今年要适当减少饮酒。接着发现周围的日本人全部蹲下，面前的售货机里的水开始瑟瑟发抖,有什么人用中文喊了句"地震了"。

他回头望去,才看见站台上悬着的列车时刻表正在大幅度地晃动。地面在疯狂撕扯着什么,人们发出沉默压抑的惊叫,手机们则响起极为难听的短促的振动声和警告声,与周围悬挂物的异响交织起来,变为恐怖的噪声。而像被刀割开般平直的车站顶棚外,一大群不知道品种的黑色大鸟正腾空飞起。高楼大厦、电线杆、桥、塔、风车,本来像铆钉、扣子、拉链、弹簧般扎入大地的肌理,直达真皮层,现在要被它统统甩开了,它们四方合力,拱起身躯,要将这些烦人之物全部抖搂下来。

白车突然停了,和它自己的前车拉出大概十米的空当。然后,陈亦奇看到文章开头那一幕,它猛然加足马力,发出啸叫,冒着白烟,毫不犹豫地冲向了右侧高架的护栏。

大白天的,车就直接冲下高架桥去了。

1月1日16时10分,日本本州近海发生里氏7.4级地震,后来调整为里氏7.6级,并命名为"能登半岛地震"，震源深度为"极浅"。震中附近可观测到约五米高的海啸。

陈亦奇在后来持续半个小时的眩晕里了解到以上这些。相关电车停运，海啸预警的信息也纷至沓来，与地震相关的一切在短时间内迅速占据了手机的版面。女友的微信界面里全是他发过去的信息：你在哪里，你还好吗？快给我回信息！他仍被拉黑着。这个愚蠢的女人！不可容忍的形式主义者！以有品位为人生导向的虚荣之徒！喜欢掰扯亲密关系里的一切的精神病！

他手指都要把屏幕捏碎了！而电话始终是打不通的，不知道是真的打不通，还是她所在的位置打不通，还是她屏蔽了他所以才打不通，总之是忙音。但这忙音，似乎又和震前的忙音不同，但也说不出什么不同。他冲上大街，拦下一辆出租车，半跪在后座上，拿手机地图给司机看，司机对着那个位于震中的酒店位置大惑不解，随后表示无法前往，请他去乘坐公共交通。

陈亦奇不断刷新那家酒店的页面，像什么也没有发生，首页头图轮转的依然是美好静谧灯光幽暗的酒店夜色、波浪细密水清沙幼的海滩、死前必须一试的料理……浪高五米的海啸化为巨口，那可以看海和日出的私汤温泉，最接近海的无边泳池，愚蠢人类们在礁石上摆好造型，然后都如寿司般被一口吞下了吗？陈亦奇反复咀嚼着这份慌乱，在日本街头如无头苍蝇一般狂奔。他避开人群，到广场上，天桥上，一遍遍地拨打电话，都是无法接通。手机新闻里，不断更新着关于地震的消息。来自中国的视频更猛烈些，海啸已经登陆，瞬间冲垮了民居，人们正往高处逃生，房子被黑压压的看似慢吞吞的海水一把拥入怀中，转眼变成垃圾一样的东西。更多的消息则在讲，新年第一天日本近海地震，东京、大阪震感强烈。迪士尼乐园和环球影城里，大家沉默地蹲在地上避险。监视器画面中，大地震颤，灯光一闪一灭，房倒屋塌，汽车冲入河谷。电影《后天》的画面被滥用，海啸画面被补充进去，浪高数十米，卷着巨轮，冲向摩天大楼。人们在尖叫。

陈亦奇最想找到的人，住在震中酒店。

那台和自己相同的车冲下高架后,陈亦奇迅速补上了前方那十米的空缺。惊愕了一会儿之后,他立刻回到自己刚才想着的事情上,似乎湖面刚才泛起了涟漪,现在被风迅速抹平了。这就是城市对人的教化,不要耽搁,勿做停留,看热闹可以,脚步不要停下。很多个时刻他想过这样的画面,那白色宝马X3车冲下高架,像冲出了某种设定,再见了老子不玩了。它似乎做了自己一直想做但没敢做的事情,让陈亦奇突然觉得自己被截了和。

可有必要吗?

新年第一天,陈亦奇手机接近没电时,终于拨通了大使馆的电话,但由于灾难突发,时间过短,大使馆和普通人知道的信息差不多。

新闻报道里,震中地区不断发生余震,电车和地铁因为检修停止运行。部分县市停水断电,暂时没有恢复通信,处于失联阶段。在车站给手机充了会电后,陈亦奇决定按照自己规划的路线,靠公共交通一点点尽可能靠近女友酒店所在地区。其间他不断刷新与灯之宿酒店相关的消息,微博上有零星几个人有提及,但只说祈愿平安，说那是自己还没有来得及去但此生必须去的地方，希望它不要就此消失。它的日文页面下，留言者已相当多，大多是希望它们尽快更新页面，报个平安就好。电车内，陈亦奇不断点开女友的微信头像，添加其为好友，并留言说，你在哪里？你好吗？我在大阪了，我来找你了。喋喋不休。

那夜他是想过他们就此作别的，一旦设想女友再也不见了，什么都没有留下，人永远都找不到，她就突然变得珍贵起来。他迅速将这想法扑灭了，手里捧着一点点的侥幸，自己生命里没有过什么特别幸运的事对吧，那这样的厄运断然不该落在自己头上。但谁说了这会是公平的呢？为什么就不能是你呢？这些想法折磨着陈亦奇，让他一分钟都不敢停下。

凌晨一点，末班电车将他丢在了一个陌生的小站。他完全没听懂列车员在说什么，只得任由他客气地不断鞠着躬将自己赶下车厢，大意应该是列车运行到本站为止，应该也是受地震的影响。车内三三两两的人们下来，没有一声抱怨就迅速消失了。站台上只留下他一个，工作人员当然没有。车站内有两把长椅，有一把旁边配备了充电插座。

车站上空挂着半轮月亮，周围极静，像什么都没有发生。在失去女友的一天多时间里，陈亦奇突然发现，身体里像有什么东西被摘除了，留下一个空洞，发出类似那口破窗的"去去"声，但也不知道那里是什么。直到电话铃声惊醒了他。这一天走得太久了，远超他的运动量。陌生的号码里挤出一个熟悉的声音，她接近声嘶力竭，像父辈们对着手机，误以为声音大传递信息可以更快更准确。陈亦奇，傻×！你他妈竟然还能睡得着？是女友，她带着哭腔边骂边哭。陈亦奇在她抽泣换气的空当里，将自己在哪儿为什么在这儿以及刚刚发生了什么迅速交代了一遍。然后他又哭又笑地说，啊！啊！啊！我在日本一个……谁知道是哪儿的一个破车站啊。他从不骂脏话的，即便如此狼狈。

那酒店能挺立四百年绝非偶然。次日，酒店的宣传页面更新说，我们幸运地没有受到过多损失，感谢大家的关心。实际情况也是如此。

当日女友正在酒店泳池边享受阳光下午茶，地震发生，震感当然相当强烈，怒吼的海水卷起来，整个酒店和地面像被一双巨手端起用力摇晃。酒店接到海啸通知，但因为酒店处在海湾更深处，两旁错落林立的礁石成为坚实有力的防波堤，海啸抵达时接近于无。但也鉴于余震不断发生，酒店竭力组织客人有次序地疏散，不过一时运力不足，车迟迟未到。

女友没有描述自己如何恐惧狼狈凌乱不堪，只讲了自己晚上八点人在前台一筹莫展时，昨天包的那辆车，神迹一般地出现在酒店门口。那车司机小伍是中国人，昨夜回程前加油时偶遇了同乡，一起吃饭，又被劝着喝了几杯，最后只好留在能登跨年。女友头发披散冲到车前，拎着两只大箱子，哭着说，小伍你去哪儿我去哪儿，还有你手机有信号吗？我的没有。你能拉两个箱子吗？实在不行拉一个也可以！

俩人在站台上重新见面时已经过了早上六点，现在想来那种电影里劫后余生的状态并不写实，首先确实两人都不会太美，当然更不会想着去接吻，但拥抱确实是自然反应，要确认对方活着，依然是对方，要将彼此的骨架、眉眼、鼻尖一一确认，要把对方抱紧、挤碎、捏烂，融入自己，再也不丢。但这又全然不是爱情，是两个可能再没有任何关系的熟人，为可能失去对方痛不欲生。拥抱完后，俩人几乎同时说，我们结婚吧。这是他们之间的默契，他们彼此纠缠的原因，他们多年争夺不休的最终结果。现在她终于懂了，书上说的，幸福和爱从来不是目标，是人在辛苦前行中的衍生之物。

他们又哭又笑，鼻涕眼泪横飞，一切尘埃落定，但至于是怎么从A点到达B点，从爽约到地震到要确认结婚，这在外人看来着实——莫名其妙。

回到北京后，劫后余生的况味随着机场高速一路堵车逐渐减淡，他们紧紧攥住的手一旦松开，便开始忙活各自的事（当然主要是他）。

曹志朋听说他们要结婚的消息，愣了几秒钟说，坏事变好事儿，你们俩还真是天造地设。不过七年之痒是这样的，突然分手和就地结婚都可能发生。曹志朋又说，对了，我给你们安排了一个摄影师，巨贵，这周六可以去拍婚纱照，当送你们的订婚礼物了。陈亦奇只得答应。女友对这个婚纱照拍摄异常警惕，确切地说，是对婚纱照这三个字有戒心。听起来就别扭，都什么年代了。

事实证明她的担心没错。

拍摄当日，下了挺大的雪，片场污泥浊水，没有暖风，女友冻得浑身发抖，被摄影师要求摆出各种令她难堪的动作，包括如何将手搭在陈亦奇肩上，以衬托男主人的伟岸。

照片是有价值观的，女友说。这和她想拍的那种清新的日常生活，比如俩人穿球鞋一起吃西瓜抢一根面条的亲密照片一点关系都没有。摄影师近乎偏执，努力坚持着他的审美，要她给他想要的角度。女友终于黑脸说我不是物件，不是汉堡，不是珠宝，不是任何静物，没法在某个瞬间闪出某种光泽。

陈亦奇把羽绒服脱给她，让她回车上休息，暖和一下。她路过监视器停下来看了照片，觉得妆面脏，画面黑，风格诡异，眼珠子不生动，俩人还面如死灰。陈亦奇穿着别扭的绒面西装，头发梳得老高，说还好吧，哪有那么夸张？他冲着摄影师干燥地笑，接近于讨好。女友没有再回现场。回程路上俩人一言不发，谁也不再理谁。

女友最终还是哭了，也不知道在哭什么。明明这个摄影师是老牌广告摄影师，很贵，时间很难协调。何况这是曹志朋送的，不拍会辜负了他的一番好意。哭完后女友说，其实我又开始看房了，还是找的姓肖的那个中介。不结婚我们也要买房，你不买我也要买，我要彻底告别这种被人赶来赶去的生活。我要有自己的家，想钉钉子就钉，想挂画就挂。她通知陈亦奇，结婚场地得提前订了，所以你问问曹志朋，今年是不是可以分红了，别今年推明年了。哪里都需要钱，以合伙人名义进入曹志朋公司后，陈亦奇只拿一万两千块的基本工资，分红的事儿因为疫情推了三年了，曹志朋一直不提，自己也不知道怎么开口。

这会搞得自己像很计较钱一样。陈亦奇默默念叨了一句，当作抵抗。女友说，不然创业为什么呢？为了更忙吗？他无法回答，内心也很憋闷。

风很大的昨夜，罪迹斑斑的他竟然还敢用身体投反对票，让女友再度负气消失在大风天，真是太不像话。但陈亦奇有信心她会回来，只是时间问题。当务之急，是要和曹志朋谈谈年底分红的事情到底怎么安排，确实也该为自己想想了。如果结婚，确实也不能再租房，三十四岁，该有个真正的住处了。

阳光分外刺眼，刚才前车冲下高架桥的事，迅速被陈亦奇忘掉了。接下来什么都没有发生，路莫名畅通起来。女友消失的原因、自己生命的意义，焦头烂额的日常生活，都被陈亦奇一个转弯甩到脑后。

这么看来，上班的意义可不只是赚钱养家，更主要是可以借机离开家。毕竟和家里的事相比，还是工作更好处理些。

陈亦奇和曹志朋的公司原来主营汽车的公关活动，后来合并了舞美搭建工程和器材设备租赁，再后来兼带做一些影视活动内容，现在员工有一百多人，在业内已算是数一数二的公司，和当年二人的愿景相当。

陈亦奇和曹志朋本是校友，打羽毛球认识的。毕业后，陈亦奇先在广告公司做策划，一干就是六年，经常加班不说，看起来和实际上都没有出头之日。某次合作让陈亦奇和曹志朋以甲乙方的身份重新见面，顺带恢复了联系。那时碰巧牵头场地舞美搭建的曹志朋跟他说当甲方虽好，但毕竟不是咱们自己的。这行业我也跟了一年了，供应商都是散兵游勇，相当糟烂，不过整合下还是很有得赚，那为啥不咱们自己做呢？公关这块你也不陌生。来咱们公司吧，你老这么下去也不是办法。这么多个"咱们"让陈亦奇心头一热，遂把辞职当作自己三十岁的礼物，以合伙人身份加入曹志朋的"志朋乐业"。

半年后，看陈亦奇站稳脚跟，曹志朋借口搞扁平化管理，将原来三个部门副总全部砍掉，只留了陈亦奇一个人对他汇报。陈亦奇自然变得更忙。公司事务本就细碎，又是乙方，稍有不慎就会得罪金主，不过倒挺符合陈亦奇窝囊废的性格。在公司，曹志朋负责发布消息发疯发火发神经，陈亦奇则常年委屈巴巴，眼角下垂，目光澄澈，说出来的每一句都是实话，看起来断然不会骗人。俩人一武一文，倒是搭配得相当好。

到公司楼下，停车位上，陈亦奇熄了火，坐着没动，像极了回家要先在楼下喘口气的丈夫。怎么回事？明明还没上班，人已经这么累。陈亦奇暗暗鼓励自己说，今年业绩不错，适合谈钱，何况谈钱怎么了？加油，陈亦奇。唉，现在急需一杯咖啡续命。

然后一张脸，缓缓地伸到他的前风挡玻璃前，速度和刚才冲下高架桥的那车差不多。过分贴近看一张脸，其实反而不大容易看清楚，陈亦奇倒抽一口冷气后脑袋向后回撤了十厘米，后脑勺贴在了车座椅上，这才算看清了来者何人。

不认识。

但那是一张令人过目难忘的脸。

本应该是好看的，只是妆化得过浓、让眉眼显得深，眉毛画得过长，眼皮上该是涂了眼影，蓝黄蓝黄的，睫毛膏是刷过的，有多重下笔的痕迹，嘴唇涂得过红、过厚了，超出嘴唇的边界，一笑跟小丑似的。外边阳光过强，让这张脸阴在暗处，此刻正笑着看着他，一句话不说，脸上表情略带调皮和戏谑，像是让他猜自己是谁的样子。陈亦奇自然猜不出，嘴巴微张，脸上相当无辜。对方看他这个反应，不依不饶地扭了下脖子，继续看着他，笑而不语，样子颇为期待。

陈亦奇攥紧车钥匙，拎着自己的手提包下车，开车门时只开了仅容自己通过的窄缝，然后迅速关门用钥匙锁了车。

女的脸从风挡前挪开，身体摆正了，向他走近一步，甜笑着说，是我呀，宋春风。

送什么？陈亦奇皱眉看着她，后背贴在自己车上，胸前挡着公文包。她年龄大概四十多岁五十？不大能分辨。头发是爆炸头，不合时宜。上身穿墨绿色的袄子，不能分辨是羽绒还是棉，围着橙色围巾，下边配白阔腿裤，蜜橘黄色高跟靴，搭在一起，怪鲜艳的。

怪鲜艳的女人冲他笑，一副和他很熟的样子，现在更是张开了双臂，疑似要冲过来给他一个好久不见的拥抱。陈亦奇向斜后滑两步，人已经到车尾那边去了。女的再重复一遍自己名字，宋，春，风。故意说得慢，便于陈亦奇识别出她。语气里有嗔怪，看样子对陈亦奇的反应颇为不满。陈亦奇努力搜寻记忆里的脸，客户里，朋友里，朋友的妈里，整个人生里，都没有这位，送什么都没有，都不认识。

宋春风尴尬地放下胳膊，站在那里不动，眼里湿漉漉的，似乎眼泪马上就要落下来。她说，陈亦奇，我对你很失望。陈亦奇嘴巴咧开，眼睛眨了几眨。对我失望的人多了，但你个陌生人跟着起什么哄？

陈亦奇这样想着，还是客气地问她，您是哪位？

她立刻接，我宋春风啊！微信不回，电话不接，已经很过分了。现在你还要装不认识我？女人真的生了气，但表情不大符合她的年纪，像个小女孩似的，几乎就差跺脚了。

陈亦奇舔了舔嘴唇，咽口唾沫，心说我本来就不认识你，怎么叫装不认识你啊。神经……陈亦奇把"病"字吞了回去，绕过车尾转身就走，多一事不如少一事。这世界疯子很多，书上说了，两个人里有一个。

阳光铺满了整个停车场，刺眼，前边就是写字楼的入口。

宋春风在他身后念念有词，如同念咒：陈亦奇，志朋乐业副总经理，三十四岁，九零年生人，属马，血型O，湖北荆州人，毕业于北京对外经济贸易大学，微信名叫"一起"，最爱水煮鱼和萝卜干腊肉，对榴梿过敏……本来越走越快的陈亦奇回过头来，看着那阳光下站着的那女人。

女人嘴巴一撇，哼了一声，声音不大，但能听清。她问，你为什么要这样对我？这句话单摆浮搁在阳光底下，有些尴尬。有人拿着咖啡路过，好奇地看着他俩。陈亦奇在画面里像个渣男，在这问句里他更像了。他转身就跑，险些撞在玻璃门上。女人没有追赶，捂住胸口站在原地没动，似乎是被他伤了心，暂时无法移动。

普通的周一，阳光强到刺眼，不像冬天。有车从高架桥上开下去了。一个陌生女人突然冲过来拥抱自己并表示对自己很失望，全是咄咄怪事。

进入大堂陈亦奇发现电梯竟然停了，两部都是黑的，大周一的，物业该死。好在公司就在四楼，爬上去不大费劲。陈亦奇回头看看楼外，大太阳下边，那女人已然不见了。

这世界的人没耐心，疯都疯不久。

他转身进了楼梯间，三步并作两步往楼上赶。写字楼盖得早，采光没规划好，即便白天，楼道里也黑黢黢的。有人在夹层里抽烟，隔段时间就要对着地跺一脚，将声控灯踩亮，地上全是痰迹和烟头。之前想过搬到办公环境更好的地方，这倒是个好由头，顺带再说自己分红的事儿，对，就这么说。

陈亦奇想着，皱眉绕开，快步走到四层，要打开楼道门时，一只胖手"啪"地将他胳膊拽住，等他看清对方是公司会计芸姐时，人已经被她拽到三到四层的夹层来。芸姐很少慌乱，平常面无表情，意志如铁，常用财务知识恐吓他和曹志朋，觉得他们什么都不懂，随时违法，公司总是需要她逢凶化吉。今天她显得慌乱，衬衫外的黑毛衣开衫扣子系歪了，状态反常。

怎么了芸姐？陈亦奇看着芸姐汗津津的脑门，示意她少安毋躁。

陈总，公司被人堵了。谁？几个供应商。本来节前该给他们钱的，现在节后又拖了一周多，几个老板沉不住气，一起来了，说拿不到钱不走。芸姐深吸了一口气说，你们哥俩要是商量好了，准备散了公司，就跟姐说句实话。

陈亦奇问，什么？商量好什么了？

芸姐着急地说，那么多钱都挪到私人账户去了，你还都签了字。

陈亦奇心中一惊，觉得楼晃了几晃，和当日东京震感相当。我签了什么字？你节前签的啊。陈亦奇突然想起，那天曹志朋让他签几张空白A4纸，说他自有用处。当时自己正忙，也没在意，还开玩笑，说别做欠条用。曹志朋说，我对你很失望，你格局就不能打开一点？不过你去日本好好玩，机票我给你报销，这几年你辛苦了。醉酒误机当天，曹志朋酒后大哭，良心发现一般，念诗——我辈岂是蓬蒿人！他搂着陈亦奇，一把鼻涕一把泪，我对自己也很失望啊兄弟，咱们要是有更多的钱就好了兄弟。

那曹总呢？陈亦奇问。

芸姐要哭了一般说，曹总……曹总元旦后就一直都联系不上，我以为你知道呢。

此时，有声音从四楼防火门传来，先是吱呀开了门，一阵凌乱脚步，打火机打火的声音，有人说哥抽一根吧，反正他公司开着，还能怕他跑了不成？那人接道，可不就是怕他跑了吗？再顺势咳嗽一声，楼道灯亮了。陈亦奇和芸姐下意识向上看，那几位穿着一致面色一致体脂情况一致的大哥歪头看下来。魏会计？陈总？那个不就是曹志朋的副手吗？发出声音的人和另外几位，嘴上喊着，身体已经要冲下来，芸姐反手把陈亦奇向楼下推，说，你快去找到曹总！自己笑着拦住他们去路，说，陈总只管业务不管财务啊。有人伸手推开她，你起开！又喊，陈总，我们的事儿你得管啊。陈亦奇险些跌倒，看几个大哥黑压压冲下来谁不觉得害怕？既然如此，确实应该找到曹志朋再说。陈亦奇想着，疾步跑下楼梯。

周一早上十一点不到，陈亦奇已经落荒而逃了两次，简直莫名其妙。

坐在车内，陈亦奇看到那几个大哥跑出楼道，正四下看，寻找他的踪影。陈亦奇努力降低身体，将头伏在方向盘上。然后副驾驶的车门被拉开了，刚才那位怪鲜艳的女人，已经施施然坐到了副驾驶座位上。

你干吗？陈亦奇问一声。

找你啊！她理直气壮。

有位大哥正朝这边看来。陈亦奇一把按下宋春风的头，现在俩人像置身水下，眼睛对着眼睛，呼吸对着呼吸。

你要是对我失望的话，就把我的钱还我，我们俩可以一刀两断。宋春风说，像一刀两断这事儿她立刻能定似的。

陈亦奇说，什么你的钱？

宋春风说，你欠我钱啊，十二万。

陈亦奇猛地坐了起来。

阳光刺眼的周一早上，所有的事情都开始不对。

谁欠你的钱啊……陈亦奇话音未落，供应商大哥中眼尖的一位，指着他的车大喊，人在那儿！几个人朝车这边跑了过来。为了钱，胖子也是可以很矫健的。

你欠多少人钱啊？宋春风看着他，问。

陈亦奇没工夫搭理她，发动了车，那几个人迎面冲来，看陈亦奇不停车，惊呼着散开，但没放弃，试图追车，一杯冰咖啡咣当砸在了他的车后窗上。身边的宋春风竟嘎嘎笑了起来，声音很大，陈亦奇疑惑地看着她，真是疯了！咬牙将车开出了园区。

车里，宋春风态度暧昧，身体压迫过来问，陈一起，你是不是骗了很多人啊？

2.

宋春风突然被老天解了职，一时不知如何是好。

原来每天要做的事像家庭地址一样确定，现在竟全都没有了。阳光刺眼，照得一切白花花的，不大真实，要不是天气很冷，连冬天都不像。

宋春风和妹妹宋春雨住在吉林通化解放二街荣光里小区，楼是通化燃油机二厂的，属于八十年代末的那一批老公房。这是黄有明留给她的唯一东西，也是他们短暂婚姻关系的见证。要不是他四十岁突然回到通化，急赤白脸地和宋春风结了婚，她断然不会住到这个小区来。

楼是阳光照不进的筒子楼，陈旧，腐朽，摇摇欲坠，终年散发着霉味儿，那是老的味道。当然，更差的不是这些，在宋春风这样的外来者看来，全楼住户全都互相认识才最可怕。都是一个厂的职工，楼上楼下住着，关系像楼道里堆叠的陈年旧物，勾肩搭背、貌合神离、难分彼此、无法整理。他们间陈谷子烂芝麻的大事小情，被补充一点信息后吞进去嚼一嚼再吐出来，和着酒气、油烟、狗尿和鸽子屎的味道，让人不敢大口呼吸。

宋春风性情高洁，在这里断然不会有朋友，这些人家里可是一本书都没有。同样户型的两室一厅被他们住得乱七八糟。不像宋春风家里，即便一直有病人，依然整洁，横平竖直，区域分明，阳台上坚持养着月季、多肉和杜鹃。

别说家里，宋春风遛狗都带瓶水，盖儿上钻了眼儿，用于稀释狗尿和防止有不牵绳的野狗过来滋事，可以用水淋开它们，避免它们打架。她还给狗捡屎，买专用的捡屎袋，日本产，一层纸一层塑料袋，绑起来扔掉，一点味儿都不泄漏。

宋春风衣服熨过的，遛狗也不马虎，每天不重样。她就是很不同，是3栋1单元的话题眼，常说常新的存在。没了她,这楼就一点意思都没有了。

她和黄有明结婚时四十岁,带来很多书不说,次日还让自己的妹妹宋春雨连人带床搬了进来,住进两居室其中一间。据说她妹妹没结婚,学习成绩一直好,考上博士后却莫名患了病,说是小脑萎缩什么的。

宋春风早前也是没结婚的,但不知道和谁生了个女孩,取名宋得意。初中毕业后去卫校读书,因为遗传了宋春风的漂亮,老有男生为宋得意打架,要动刀子那种。还总有人猫叫春般在楼下喊她,得意得意。邻居们端着碗头顶着阳台窗户看下去,认不出喊的人是谁,反正不是厂里子弟,或许是社会青年,总之不是什么好鸟。

现在宋得意已经毕业了,不常回来,母女俩关系应该不好。至于宋得意父亲是谁,宋春风从没说过,也没有人那么不开眼,非要问问。小城市里,人跟人有界限但界限有限,体面是当面不显现出褒贬,都笑呵呵的,对他人的事不吭一声。背后就是研究,互相唠唠,但也没有恶意。毕竟黄有明不介意,别人也不好说什么。但黄有明,应该是还没来得及表达介意不

39

介意，结婚当年，他就得胰腺炎死了。急病，听起来这病挺轻的是不是？"炎"而已，死亡率多高？百分之七十五，一旦发作，那东西便在肚子里狂喷胰腺液，要把内脏都消化掉，厉害得很。

别人倒不觉得宋春风命苦，大家各有各的苦。一言以蔽之，那都是命。对待死亡，这里的人一贯豁达，但对房子和钱总是沉不住气。宋春风算是捞着了，这老公房建筑面积虽然只有七十不到，但地段不错，还算学区，现在就能卖不错的价格，将来拆迁，肯定能换个更大的。只是这黄有明无福。不过他求仁得仁，活该，他肯定是图宋春风长得漂亮才接的盘。但她人也老了，四十的女人，在通化这样的小城，人生是可以看见底儿的，接近一文不值。现在她快奔四十五了，不过没太发胖，不埋汰。

刚和买菜回来的邻居说过这些话的人是老郭，常年盘踞在楼道口晒太阳，拐杖总挡住人的去路，最爱挡宋春风。现在他死盯着宋春风从楼道里走来，眼睛眨都不眨一下，嘴巴咧开，很不礼貌。但家里没男人，别人就会对你不那么礼貌，何况老郭本来也不知道啥叫礼貌，总当这是关心她。

她家出了事儿，她怎么感觉不咋痛苦？脸上一点悲伤都没有，化了妆不说，今天还穿得怪鲜艳的，不像话。平时他就这样盯着她和其他人，主要是盯她。她总下来遛狗，看到拐杖，就把她那条眼神不好的老比熊抱起来，自己跨过去，她从不和老郭对视，这让老郭更生气，觉得她高傲，看不起他。

今天却一反常态了，她没带狗，走到拐杖前时，一脚把拐杖踢开老远。你干吗？老郭怒吼，心里却高兴，觉得她终于跟他有互动了。他嗓子里永远卡着一口老痰，听起来让人想吐。他是厂里的老人儿，脾气大，嗓门大，爱喝酒，人和这楼道一个味儿。

宋春风将那拐杖拿起，回头冲他笑了笑，说，不干吗。老郭以为她要把拐杖还给自己，咽了嗓子里那口痰合上嘴等着。

阳光挺好的，风也没有，这个互动他可以，每天有都行。她终于愿意碰自己的东西了。没承想宋春风一个甩手，那拐杖就被她扔到楼对面的花圃里去了，老远，砸到围墙，发出断裂声。阳光下，宋春风头也不回地走了。

老郭肯定会说她疯了,势必将对全楼全小区全社会传播。

日常,老郭需要她,现在,她需要老郭。赶紧传播。

宋春风八〇年生人,翻年四十四。她不喜欢自己姓宋,过于文气,宋体似的,规矩,板正,随处可见,没啥意思。她也不喜欢自己的名字,春风,听起来有乡土气。当然,这名字比妹妹春雨和弟弟春雷强多了。春风轻快些,有向上之意。

能想自己名字想这么久,宋春风爱思考,断然是个不怎么普通的人。所以说性格就是命运。

宋春风本来可以上高中的,但母亲以家里负担重为由,让她上中专学了会计。母亲看宋春风漂亮,家里又不富裕,深知其中风险,迫切要她早点稳定下来,找个老成的职业比较好。比如会计,人坐办公室里记账,人和数字,都稳稳的,在框框里。

宋春风没有抵抗,她本就好静不好动,爱读闲书,什么都读。只是过早地谈了恋爱,对象是初中同学黄有明。俩人关系断断续续。后来黄有明上了高中，写信给上中专的宋春风，说还是喜欢她，不然活不大动了，更别说继续学习，希望她给他条活路。宋春风虽然觉得他用词不当，但还是和他确定了恋爱关系。再后来黄有明家搬到沈阳，又考到沈阳上大学，假期俩人才能排除万难当天往返地见上一面，他们总是写信发短信，有说不完的话。

大四那年上半学期，冬天，宋春风和父母大吵一架（故意的），离家出走到了沈阳。小旅馆里，半强行地和黄有明发生了关系，说半强行，主要是黄有明虽然很想，但很害怕，啰啰唆唆，宋春风说我来承担责任。事后在床上，黄有明单薄的肩膀旁，宋春风挪开了脸，硌得慌，她终于说出吵架原因——母亲非给她介绍一个对象，是卫校的主任，姓刘，比她大八岁，长得跟相声演员似的，脸不咋干净。黄有明当即表态自己肯定会娶她。

次日，宋春风不断接到母亲电话，不断按掉，后来收到妹妹发来的短信说父亲出了事，让她不管人在哪里赶紧回来。宋春风和黄有明在沈阳站匆匆告别。

黄有明没说的是，这天之前，他已被一个科技企业招走做大学培训生，马上要去深圳实习。

宋春风和母亲弟弟妹妹在市医院碰面，继而到太平间接父亲遗体。他在工地上做监理，午饭后，鬼使神差非要到楼顶看看，一个失足，掉在水泥平台上，当场断了气。

两个月后，一切收拾停当，宋春风已经心不甘情不愿接班进了父亲所在的建筑公司做会计，生活总要继续下去。

那天搞运动会，她被迫参加跑步比赛，晕倒在终点线上，公司的人议论，都觉得她是装的。这宋会计长得漂亮，但确实比较装，不咋合群，每天沉默寡言，显得阴沉，一般自己带饭，边吃饭还边看书。那次她被人恶作剧偷了饭盒被迫去食堂，打饭时说见大师傅的胡子楂儿和锅里的没剃干净毛儿的肥猪皮，跑出去就吐了。反正人缘一般就是了。

医务室里，宋春风醒来，被告知怀孕了，医生憋半天吞吞吐吐面有难色，她自己倒不是很意外。唯一的问题是，早在两周前，她各方面都联系不上黄有明，今天跑步前，发现他手机号已变成了空号。

母亲头一次见识到了宋春风的执拗，这孩子原来自己根本不了解，这孩子还是个孩子呢，怎么就怀上孩子了？这孩子原来一直都知道自己要什么，之前不抵抗不是因为听话，是她觉得那些事情无所谓，她不在乎。

那个时代，生孩子与否还不是选择，孩子是必须要在合适时间合格出品的，过早或者一直没有都意味着不幸。骂是已经骂不动了，打倒也不敢打，家太小，春雨和春雷俩人瞪眼看着呢，如何每句咒骂和恐吓都只有她和宋春风能听得懂，那太难了，主要是不解气。

夜里，母亲摸到宋春风的床上，哭着说孩子你这样以后日子会很艰难。那是2002年，莫说通化，在北京上海当单身母亲都过于先锋了。这座边陲小城，舌头底下压死过好多人，当夜压死了宋春风的母亲。她想太久了，想太多了，想太严重了，想着想着就觉得还是不要醒来比较轻松。她心脏病发在宋春风的床上，眼睛想睁开，又闭得极紧，整个人相当矛盾。她手脚攥死，握成四个拳头，抠都抠不开，最后连鞋也穿不上。她是该读些书多长些见识多知道些别的道理的，这样就可以不以"谁谁家里头的"自居，可以让她更容易宽慰自己，至少可以勉强活着。她死前说心里边疼，要扒开胸口，说春风你帮我看看这里边电线该是断了，五根断了三根。

次日，宋春风成了一家之主，开始担负自己和弟弟妹妹的命运。二十二岁，她拿了家里的钥匙、房本、户口簿、存折、座机申请表，后来是煤气卡、电卡、有线电视卡等等。好处是再也没人管她，缺点是没任何人可以依靠，一切都要自己看着办。

又一个二十二年后的这天，宋春风准备做指甲、烫头，反正无事可做。这之前，突然想去吃一碗烤冷面。她有洁癖，平时对这些摊上的东西相当嫌弃，今天不知怎么地，很想尝尝。和她一起等着的是美容院的俩小姑娘，香喷喷的，看起来也就二十岁不到，说成年人都有点儿勉强，过早辍学了该是。她俩选了香肠和面筋，还是年轻，下午这点就饿了，需要垫补。

小姑娘一怯生生的，看着宋春风吃烤冷面，从兜里掏出一张卡，紧张得声音发颤，但还是坚决地说完了。大姨，你去体验下吧。我们按摩店新开的，北京上海都有店，连锁的，相当专业。

宋春风被叫了大姨，意识到女孩在和自己说话，心里咯噔一下，还没来得及反应。小姑娘二略显老到，赶紧撑了小姑娘一胳膊，更正说，这哪里是大姨，分明是姐姐，你真是还当自己是学生呢，见谁都往大一辈儿叫。姐，现在去做咱们店SPA，仅需199。小姑娘二满脸堆笑，声音很高，热情没有内化完成，显得虚假。

宋春风是好人，说，没事儿，也是大姨了。她收了卡，把吃剩下的半份烤冷面扔垃圾箱。不好吃，没想象中好吃。理发店旁边就是这新开的按摩店，门口摆着开业花篮，装修得古色古香，确实和其他店品位不同，店名叫一叶，字体也好看，不是宋体。走过去时能闻见里边传出来的檀香味儿，还能听见古乐曲叮咚作响，伴有水声鸟鸣声。宋春风看了几眼，决定还是先去烫头。

中间等待时间挺长，人被罩在美发罩内，对着镜子。因为刚才那句大姨，她这么多年来第一次认真看了看自己，类似检查。大姨。大姨。大姨。宋春风在心中默读，像把自己经历的时间都数过一遍。

二十二年加二十二年。她用手摸自己额头上的纹路，眼角的细纹，向下流淌的左右脸颊，有颈纹的白脖子。大姨。大姨。大姨。如今她被大大小小的发卷勒着，整张脸更加清楚起来，明明还是之前的样子，但综合来看确实要变成大姨了。大姨。大姨。大姨。她像一路狂奔至此，现在终于可以停下，却发现已经不大认识自己。

自那日在小旅馆接到母亲的电话开始，她宋春风过过哪怕一天好日子么？

平行世界的她应该不一样吧，该是和黄有明同样上了高中，考了一样的大学，生了女儿，平顺地过下去吧。但自己这世界的版本全然不同，好日子屈指可数。现在想起来，所有欢愉后总是接着悲伤，以至于感到任何欢愉都要带着警惕，该是有什么不好的马上接踵而至，那这欢愉不要也罢。

料理完母亲丧事，她辞了职，去另一家外地保健品公司的通化分部，还做会计。她谎称自己孩子爸爸在新疆，费劲将宋得意生下来。其他事，没有一件不重要。宋春雨要高考，宋春雷高中升学要解决住校的问题，还分数不够，要凑一笔赞助费。

一晃宋得意开始牙牙学语，对，那时候挺好。周末，春雨、春雷都从学校回来，可以帮她带孩子，春雷当马，驮着得意满屋乱跑，他们仨的笑声好好听，完全没有烦恼。

她在厨房做饭，二十四岁了，已经学会了擀面条、包饺子、蒸包子、烙饼，各种面食。腌酸菜、红烧肉、蘑菇炖鸡块、老豆角子排骨这些也开始无师自通。

这家里"母亲"是一个职位，一个干不动了，不在了，另一个就要补上。现在她全然理解了母亲的苦楚，为何总是皱着眉，原来除了累，还有时刻悬着的心，像一旦放松，日子便像整盒鸡蛋摔在地面，难以收拾。她对得意春雨春雷束手无策，他们进入青春期后都迅速摔门而去。宋得意不喜欢读书，学习很差，喜欢看漫画，数学总考个位数，但发育得很快，个子已经超过她，这女儿不像她，好动，初中开始逃学，混游戏厅，滑旱冰。

卫校的刘主任一直没有放弃追求宋春风，即便她从不给他希望。他绝望地结了婚，对她还像亲人般守护着。她感谢他，保持着礼数。当年给宋得意办准生证，上户口，后来让她上卫校，都是刘主任帮的忙，甚至宋得意卫校毕业去市第一精神卫生中心做护士，也是刘主任托的关系。有用的人她认识得不多，刘主任又认识又有用，是她生命里菩萨般的存在，她能搬的救兵只有他。她这天买了鸡蛋糕，准备给刘主任送过去，是她家附近新开网红店，排长队，她能送出去的，就只有这些日常的惦记。

黄有明回来本是卖老宅的，就在房产中介那里下了车，正舒展筋骨，抬手时打到了一个人的眼睛，女人手里的鸡蛋糕翻落在地，弹得老远。他慌忙道歉，对方捂着脸，泪水汨汨而下。

肇事者看清楚受害者，俩人都愣了一会儿，宋春风转身就走，黄有明叫住了她，情真意切。

这是四年前，她刚四十岁，日子正过得很糟。妹妹春雨白天睡觉，半夜醒来，经常对着窗户大喊，声音凄厉。她只认得姐姐宋春风，不能离人，需要她时刻照顾，和她住在主卧。弟弟宋春雷刚结婚，一对新人挤在次卧里。家里肉眼可见地住不下了。

宋春雷的媳妇儿晚上和他低声笑，白天和他高声吵，说我就不小声点儿，我没法小声点儿，怪我吗？怪只怪你们家太小了！怪只怪你们家这么多人！宋春雨哈哈大笑，像听懂了，弟媳就在隔壁捶墙，宋春雷一言不发，上去捂住自己的媳妇儿的嘴，说大姐二姐不容易，你别找死。宋春风想着不是办法，决定租个房，留这老宅给宋春雷，自己带着妹妹和狗搬出去住，反正宋得意也不回来。给刘主任买完鸡蛋糕，她准备先到中介这来看看。哪知道命运伸出胳膊，打了她的眼睛。宋春风迫切想搬出原来的家，给春雷腾地儿。黄有明的迫切则是另外一种。她跟黄有明说我们可以结婚，但我妹我得带着，还有一只狗，我也得带着。

狗是比熊犬，是之前她推着宋春雨楼下遛弯儿时捡的，看不出年纪，泪腺挺长，胡子是红的，到家里养好久才白回来。这狗胆小，警惕，除了她和宋春雨，谁也不能近身，有点儿爱叫。你看行不行。黄有明说行。他看着宋春风,深情要从眼眶里流出来了。这女人把艰难的日子井井有条地过着,像用手搓平一张被弄皱了很多年的旧报纸。

宋春风就这样住在了荣光里,老楼唯一的好处是,楼上楼下好几户都有别的新房子,不怎么住。妹妹喊时,没人投诉。

二十年后两人再度相拥,彼此都是另外一个人。当然,欢愉还是很短暂。她和黄有明可能就是没缘当太久的夫妻,他像老天爷给她的一个招数,一个戏法,一场空。他救了她的燃眉之急,给了她容身之地,就消失不见了,像没来过一样。除了房子,他连张照片都没留下。

年前,宋春风觉得狗明显断崖式衰老了,在家里又拉又尿。带去宠物医院看,担心它是不是要失禁。大夫摸着它腿上的肉瘤,手在它脸前晃晃,说,有没有想过它看不见?回家宋春风才发现,这狗确实看不见了,经常撞在墙上不说,别人摸它时还会像被电击一般抖一下,彼此都吓一跳。狗还眼压高,眼睛总瞪着,像随时能够爆开,夜里徘徊,头顶着墙不动,像有事儿跟墙商量。

妹妹春雨状况也更不好，宋春风定了闹钟每天按时段叫她起身去厕所，但她还总是尿床，尿垫总得换。她有时候又清醒，在床上哭，她手脚早就不听使唤，整个人像宋得意落在家里的那棵空气凤梨一般，死一般地活着。能不哭吗？她什么都没干过呢，除了上学。一股脑上到博士了，却突然患了病，没有诱因，没有家族史，脑子像逐渐晾干的海参，每天都在变小。

那天早上，宋春风起来，神清气爽的，睡得挺好。妹妹昨晚上没有叫。她拉开狗的尿不湿，发现它昨夜也很争气，不仅没有四处徘徊，尿不湿还是干的。她叫醒妹妹，抱她到轮椅上，再推她去上了厕所。妹妹问她，姐，你累不累？我不累。她说。

她真没骗她，最累的时候已经过去了。

她煮上了三个鸡蛋，她，妹妹，狗子，一人一个。她带着狗下去遛它一圈，它走着走着就不走了，在那儿跟垃圾桶较劲，圆瞪着双眼。

她抱它回来时，听见万年青丛里有猫在惨叫，她以为有猫遇到了危险，好奇看进去，看见那只惨叫着的，正在地上打滚，旁边那个该是雌的，颇为高傲，一声不吭，挺胸抬头地站着。那惨叫的，反而各种谄媚，姿态和声音毫无关系，现在躺下了，原来是在求欢。她红着脸回家，赶紧去关了灶上的火，不免后怕，锅险些要烧干了。她给狗弄了饭，发现妹妹在房间里放着音乐，妹妹会开床头那个CD机，里边在唱：我要带你去我的外婆家。声音很大。她笑着喊她，春雨吃饭了。妹妹仰面躺着，面容平静，再也没有回答她。

三天后，宋得意回来陪她办了丧事，坐在家里像个外人。那狗瞪着眼睛冲宋得意狂吠。

宋得意没说自己被辞退的事儿，但宋春风早已知道，刘主任说的。这孩子……眼睛一转一个主意，工作上倒是没啥毛病，就是爱耍小聪明，总偷懒。前段时间竟然在医院组织精神病人打麻将，赢了他们挺多钱，被家属发现了，投诉到院长那儿。院长震怒，气得摔了杯子。叫她过来问话，她一点不惧，说第一是下班时间，第二是这些人主动邀请她打，第三他们还联合起来换牌，作弊。自己凭本事赢的钱，他们有什么可生气的？院长哪受得了这种态度，说你给我滚。宋得意说，滚就滚，不然我都分不出这里头到底谁是真疯了。

母女俩一时无话可说，狗叫显得刺耳。宋春风踢了狗一脚，让它别叫。它不叫了，负气躺下，娘俩儿更尴尬在这份安静里。

宋得意说，我饿了，妈，要不你去给我煮碗面。宋春风应了，进厨房刷三天前早上险些烧煳的小锅，仔仔细细。她伸头朝外看一眼，客厅里阳光下，宋得意正看着手机笑着打字。

女儿真好看。

水还没开，气泡从锅底缓缓上升，她听见楼下有摩托车的喇叭声。冲到客厅，沙发上已经没有了宋得意，她坐在沙发上留下瘦瘦的印子，凝固的水波一样。

宋春风冲到阳台上，拧开窗子。女儿戴上头盔，坐在一台摩托的后座上。被什么召唤了一般，她下意识地抬头，正好和妈妈的眼光对上，然后迅速地，她把自己头盔盖上，拍了拍摩托车手的肩，一溜烟地跑了。

宋春风刻意取的放在茶几上的那五千块钱，当然被她拿了去。钱有味道，宋得意总能嗅到能发现。她明明不爱吃面，也不怎么叫妈，这算是母女俩的默契。

宋春风没有生气，坐在刚才宋得意的位置旁边，手就放在瘦瘦的波上，浅浅笑了笑。狗还负气在睡，阳光极强，家里安静得不真实，能听见自己的呼吸声。水仙开了，像一张张笑脸。她认真看狗肚子，发现没什么起伏，她有些担心，又觉得没什么，这两年老有同样疑问。她缓缓走过去时，狗还有最后一口气，眼睛似乎看她，也似乎不看。她爱过这狗吗？更多像责任。它在老了很久死亡已经很确定但又是个悬念时彻底死了，没了悬念。宋春风眼看着它变得扁平，抱也不是不抱也不是。

厨房里，那锅发出刺鼻的气味，最终还是烧煳了。她过去端，叫了一声，锅掉在地上，疼一般直跳，好久才停下来。

就这样，宋春风在2024年到来前被老天解了职。

她扔掉老郭的拐杖这天，是在以上这些全部处理完之后这天，她宋春风的世界相当干净的这天，也是无事可做的这天。

她看了看自己的爆炸头，不是很满意，花略小了，显得拘谨，不自然，像个会计，不过，本来也是会计。她结了账，没有办卡。她从那按摩店前匆匆走过，像怕稍不留神就会进去一般。她去了那家一直想去尝尝的延吉餐厅，点了干辣椒炒牛肉和米饭，还有一个炒杂菜。上了三份小菜，分别是鱼饼、辣黄瓜和泡菜。

对面一对小青年，正在喝"深水炸弹"，先在扎啤杯倒多半杯啤酒，又在小酒盅里倒满真露，再直接将小酒盅扔到扎啤杯里。俩人划拳，包袱剪子锤。又幼稚又社会。宋春风边等着菜边看，皱着眉想，这不大卫生，那小酒盅外边多脏啊。

菜上来，辣度超过她的预期，但干辣椒很有嚼劲，配上牛肉和弹牙的米饭，相当好吃。她叫了个扎啤，又拦住转身要走的服务员。这孩子浓眉毛、细眼睛、白面皮，鼻子周正小巧高挺，腰很细，是少年独属的，独属少年的还有嘴上淡淡的绒胡子，还没刮过。雪白的衬衫扎在腰里，暂时还一点肚子都没有。

她说，给我也来一个那个。

啥？男孩问她。

她用下巴努努对面的桌。

男孩说，哦，真露。

他声音干净温和，刚变声完成不久，新剥开的生菜叶似的。他转身到柜台旁的冰箱里，拿出来一瓶真露，再走回来，七八步路过程里，他用手掌震了震瓶底，一直猛力晃着，再放到宋春风的桌上。他手指白，又细又长。

宋春风眼睛像换了新镜头，之前从来不看任何人，今天对这男孩仔细端详。但看看怎么了？她宋春风，今天开始，决意换个方法生活。

男孩看她这么认真看自己，阅读理解了下其中内容，说，没事儿，这个没气儿，不会喷出来。还是误解了。看她没阻止，复又拿起那瓶真露，给她拧开了，轻轻放下。不过这酒后劲不小，你慢慢喝。男孩叮嘱了她，转身忙别的去了，脚步轻快。

宋春风眼睛不知怎么热了，太久没有人对她轻言细语，太久没有人叮嘱她，太久没有人让她慢慢的了。哪怕是今天这服务员如此平常的对待，也让她觉得自己被呵护了。她有样学样，倒了真露到杯子里，只是没像对面桌那俩男青年连杯子一并扔进去，她双手端起扎啤杯，喝了一大口，方便给真露留出空当。

到宋春风醒过味来，人已经躺在按摩床上。

之前，服务员给上了一杯水，轻声让她等着按摩师过来。黑暗里，她偷偷摸摸换上纸的衣裤，再盖上阔大的浴巾，任由自己直挺挺躺到床上，除了头在一个洞里，基本上没什么不适。自己算是醉了吗？她手伸出来，海草般在空中摇摆，看起来还怪美的。那深水炸弹好喝啊，真露和啤酒一勾兑，各自减了效力，啤酒的苦味儿消失，真露的烧酒感也不见了，变得甜美柔润起来。宋春风喝点扎啤杯里的，再倒一杯真露进去。不知不觉就将两种酒都喝了三分之二，叫"深水炸弹"不合适，这明明该叫——金风玉露。对，金风玉露一相逢，便胜却人间无数。她自己想完，觉得精妙，笑了下又怕被人看到。

服务小哥那时已经坐在对面桌上打游戏，长睫毛投射在白脸上，有清浅阴影。她是怎么结账的悉数忘记了，只记得让小哥留电话给她，她好方便定位。小哥说，姐你随时来就行。声音真好听，干燥温暖。但他也没拒绝，写了个条子给她。她不害臊，今天就不害臊，要把所有不能干的事儿全干一遍。

现在就躺在了这按摩床上，天旋地转，但不难受。宋春风这样躺着，觉得自己刚死去的妹妹和狗无限接近了，和更远点儿的母亲父亲也感同身受了。

人死了，就是这样吧，像这样躺着，永远不用再起来，不用再等任何人。

门响了，有人轻手轻脚地进来，她想起在门口，前台服务员跟她说只有男技师了，她说那怎么了？对方愣了下，说，没怎么，有的……女顾客介意。人家不明白她为什么如此恼火。

她偷眼看那技师，是寸头，戴白口罩，能看得出脸挺小的，身量骨架和餐厅那男孩差不多，但比那个更结实，成熟一些。

室内光线暗，看不大清。他声音谨慎，说，女士，咱们翻过来，先按背部。听起来专业，所以没有感情。他手微凉，或者是她身子过烫了。她喝了酒，又很紧张，虽然什么都没有做，但好像已经做完了全套不雅不良的什么。

她笨拙地翻身，趴下，头顶那圆圈空洞里刚好可以放下脸，正好把表情藏里边，里边黑洞洞的，什么都看不见。宋春风现在就是个后脑勺，后半扇身体，自己没见过的部分，现在全秀给一个陌生的男人了。

技师将灯光调得更暗，说那我们开始了，像他们协同作业一般。音乐声略微加大了点，流水没有阻隔，落入山涧。他不再说话，鼻息清晰可辨。他搓了搓手，几滴精油落在她的后背上，那双有骨节感的手现在在她后背上，她深吸一口气。那双手的指腹开始发力，在她的肩膀、后背、腰际游走。她需要更深的呼吸，以应对这些压迫，但很舒服。

到后来，他用自己的肘部，在某些穴位处压住，再放开。血从这里流向那里，像冲破了什么阻碍般的，汩汩地换了新的似的。宋春风在半梦半醒间渐渐和他建立了信任，直到把自己全部交付给他。而他绝不逾矩，哪怕手到下半身，大腿内侧，依旧保持着分寸。

那双手懂她、心疼她、明白她这些年的辛劳，了解那些藏在这副身体里的委屈，知道郁结于身体各处的愤懑以及说不出口的某些迫切。宋春风口干舌燥时，他提示她可以翻身了，给她端了杯水，自己则背转过身去。那T恤服质料不错，又新，勾勒出他的肩胛骨。他年轻的身体，像一把新刀。

他给宋春风垫上枕头，填补了那个空洞，再给她眼睛敷上热毛巾。现在，她更没有遮挡了，除了下体的三角裤和身上的浴巾。他站在她的头顶方向，给她放松手臂，再按她的肩膀，她的头偶尔会碰到他坚实的小腹。

现在他站到侧面，绕开了她重点的部分，在她肚脐眼上扣住手掌，那只手像把勺子，来回施加压力，她的身体跟着颤动，不禁发出了一声呻吟。有什么东西正在她身体里化开，要流出来。她闭紧眼睛，即便此刻眼睛在毛巾下边。秘密在她身体里呼之欲出。现在他的手指在她腰腹间画圈，轻轻浅浅的，她的乳头变得硕大。他的手，向下伸去。她的脖子向后挺起，呼吸变得急促，像溺水般，这口呼吸完，下一口就没有了。世界末日。

"啪"地，她按住了他的手。

她急促地说，可以了，我自己休息一会儿。一切戛然而止。他说好的，人要退出去。

她突然为自己的大惊小怪感到愧疚，说，你多少号？下次我还找你。哦。那声音客气又专业，说，我119号，您先休息，再见。他没有叫她"姐"什么的，没有称谓，反而显得更加平等、尊重。

宋春风躺在那里，静静躺着，酒劲儿消失了大半，但宋春风不想醒来，那大的浴巾下边，是她挤得更紧的双腿，湿润的某部分。

门关上了，那把刀消失在房间外。

她后来高潮了，没有发出任何声响，持续时间不详，像一生那么长，也像一生那么短。然后她匆促羞愧地坐起来，那边是镜子，她看着自己。光线挺暗的，但能看到轮廓，那女人正用浴巾遮住身体，因为趴得过久，她脸有些浮肿，依稀有印子。

她脸色红润，可嘴角向下，拿开浴巾，她胸部向下，腹部向下，什么在召唤着它们一般，都向下去，向地面去。她将它们一一扶起，她不同意，她不要！

出来结账的时候，她觉得自己是个男人。另一个人类品种，想得极少，轻易就能获得快乐和自信。即便这样,她仍害怕碰见谁,刚才的技师也好,自己的熟人也好。她匆匆逃出按摩店,手机里胡乱点开什么,把它放在耳朵上,假装在听电话,明明也没有人找她。

她到了家,再洗一遍澡,换了内衣裤,钻进被子里,迟迟不能睡着。她想起自己包里还有剩下三分之一的真露,将它一口气喝了,然后她又回到那糊里糊涂的温暖里了。她眼睛酸涩,看不清楚,拿着手机,随便点开了一个页面,里边是有人在直播,两个男孩子,都有肌肉,穿挺少的,扭动腰肢,卖着丝巾,来自蚕丝基地,各种颜色,看起来挺卖力的,还彼此捏对方的胸和胳膊,说笑话,鼻子和鼻子离得很近,一个总是拒绝另一个。

原来可以打赏,她试了试,用的是黄有明的账号。俩男孩感谢,鞠躬,问大哥有什么要求。宋春风突然明白了,这看起来是花钱,实则在行使某种特权,她打字,非常慷慨,说,什么都不用。俩男孩笑说,敞亮啊大哥,大哥真好。宋春风这样睡着了。

早上醒来时,宋春风看到那个直播间私信里,有个人说,加我。又说,我知道你是女的。她还没起床,起来也没事儿，何况还有点儿头疼。她回，你什么意思？对方立刻回复她说，加微信聊吧，方便一些。然后给了她一串数字。

她关了手机屏幕，又躺了一会儿。人还晕晕乎乎。怎么会有这样的早上呢？什么都不用担心的早上，自己才四十四岁，怎么就像一个孤寡老人了？她想起昨天自己一切都向下的在按摩店里镜中的画面，她不答应，不同意，她不要。

她点亮手机，复制那串数字，到微信里添加了那个人。然后进入漫长的等待，在她快忘了这事儿时，那人通过了她，名字叫"一起"，所在地区是北京，朝阳。

他发来一个握手的表情，说，不好意思，刚才在开会，你知道的，早上要处理很多事。

他像急匆匆带着风赶过来一般，很是抱歉。

然后他说，你好，我叫陈亦奇。很高兴认识你哈。

3.

你下去。

我不。

我真的不认识你。

我可认识你!

今年天气怪得紧,太暖。往年年后才开的玉兰,现在不分时令的突然开了,其中硕大肥厚的一朵,啪地落在陈亦奇的车前风挡上。它挂在树上挺好看,现在却是美的尸首,烂唧唧的,模样已与昨日判若两朵。车内争论的双方被这一砸吓了一跳,暂时忘了立场。

怪鲜艳的女的反应更快些,率先发难,说,你说你不认识我怎么证明?这问题在这怪事频出的早上又有点儿超纲了,一时之间,陈亦奇还真找不出自己不认识她的具体证据。他嘴唇上翘，有孩子气，有话要说，但憋了半天，却半个字也吐不出。宋春风一招制敌，得意地逼视着他，静等着他的答案。

陈亦奇听到副驾驶那侧车窗有敲击声，挪开视线向宋春风身后看，那宋春风偏不让他，挡住他的脸，继续盯牢他，脸上漫溢出一种亲近。他皱眉躲开，宋春风却铁了心似的，继续跟他脸对脸。他换到另一边，她跟过来。直到陈亦奇喊出一声闪开，隔空拨开她的头，她才意识到身后的车窗外有人。

这位戴着墨镜的交警俯身歪着脑袋正饶有兴致地看着车内二人，敲击声来自他。

车窗放下来后，警察眼睛探照灯般逐一扫过他俩，保持着面无表情，然后说，玩儿对视呢？回家玩儿去。

北京交警说话用鼻子，嘴不怎么动，前两句基本没用，做讽刺之用，有信息量的都在第三句。他说，这儿不让停车，赶紧开走。

陈亦奇忙不迭地点头，抓紧启动汽车，载着那大朵玉兰花尸身赶紧驶离现场。

阳光很强,不像冬天。

车内安全带警报器嘀嘀叫着,让人焦躁不安。陈亦奇的车内现在充满暧昧的气氛。那怪鲜艳的宋春风在副驾驶位上安静坐着,只是眼睛仍死死锁住他,脸上一半嗔怪一半笑,让他如坐针毡。

早高峰后,人们突然开始变得不急,前边那辆货拉拉浑身是泥,速度像是专门用来考验他的耐心。宋春风看着陈亦奇,发现他鼻梁上有个微微的驼峰,老天爷应该是真爱他,做工精细。

陈亦奇说,系安全带。她听见了,但需要确认,就故意没懂。

他手指头在方向盘上用力,那手指本是纤细雪白的,现在被按出粉白色来,骨节清晰。细瘦手臂延伸上去,是陈亦奇微驼的背,他身体薄薄的,微微前倾,细长的脖颈连着那张白脸,下颌线格外清晰,眉骨鼻梁和脸配合着,高度走向都恰到好处,只是眉头被他拧成了川字,看起来不是一日之功。

陈亦奇是好看的,堪称赏心悦目……宋春风内心有点儿惊慌,自己这是怎么回事?自被老天解职那天起,她整个身体全然像换了副新的,尤其是眼睛,看东西的角度都变了。

系安全带!陈亦奇再喊一次。他喉结上下动了一动,眉头拧得更紧,让人想给他揉开。眉头上边是他宽窄得当的白额头,肤质细腻,像块制作精良的豆腐,不知是刚才紧张还是现在车里过热,他额上已然沁出细密的汗珠。见宋春风还没反应,他不得不再说一遍,接近于吼 —— 系安全带!

宋春风突然笑了,像他说了什么只有他俩懂的暗语,这是只针对她的格外的关心,这简单的指令让她和他有了线下的真实连接,让她整个人都变得甜丝丝的。

她身体向他靠拢,斜身抽出安全带。他的脸该是被漫画家随手动了几笔,便硬生生地将少年修改为大人。宋春风笨拙地找安全带的去处,陈亦奇眉头的川字动了动,方向盘上粉色的手离开,瞬间变成白的,白手指将安全带卡扣接过来,咔嗒扣了上去。车内的嘀嘀声戛然而止,终于安静了。

他长长地吐一口气,扳正身体,回到原来的姿态。

他和宋春风离得最近的那一秒钟,她嗅到了他发间的烟味儿和夹杂着的洗发水味儿皂香味儿。就说她身体被换了衣服,除了眼睛,还有鼻子。她自己没用香水的习惯,现在身上有一股消毒水的余味。

昨夜一直擦地,因为实在睡不着,她的陈亦奇消失了。她擦完地板,就地躺在那里,脊柱收到了来自地板的修正,生疼。她是突然决定要去北京找他的,并决定找到为止,天亮就动身!

现在她的陈亦奇就在身边了,陌生又熟悉,熟悉的是脸,陌生的是态度。他整个人看起来急吼吼的,不像之前沟通里的样子。他说自己讨厌语音,不爱视频,只爱打字,可打字也是比现在温柔的,事事时时都有回应,晚了还会气喘吁吁般赶来,嘴里说着抱歉。或者他只是被天降的她和这个错乱的周一吓坏了,反应应激。

他在这个上午重复透露出两个重要信息:一是他绝不是她的;二是公司出了大事。

宋春风眼光回到明晃晃的二环路上。问,公司怎么了? 她理直气壮,像她本就长期拥有这副驾驶之位。她注意到他的汽车挡把上的黑色发绳,上边是个褐色玻璃珠,像颗独眼,正看着她和他。这车里有过其他女人!这副驾的位置是别人的!宋春风想到这个,就坐得更用力了些。

陈亦奇的好脾气险些让他有问必答,他的险些作答又让他对自己恼火,作出的回答就变成了——前边你赶紧下去!

宋春风喊了一声,别抹!但为时已晚。为了弄走眼前那朵碍眼的玉兰,陈亦奇喷了两下玻璃水,又信手打开了雨刷器。

现在,他的车前风挡被糊住了,花粉和着花的碎屑被均匀摊成一张饼。他只得减缓车速,不断喷出玻璃水,以稀释这张饼的厚度。

他低估了玉兰花和身边这位怪鲜艳女士的黏腻程度。怪鲜艳女士则嗔怪说,你看看你,偏不听我的。

有些人是不是有那么一种精神病症?他们不大能够辨识陌生人、情人、朋友这些关系里该保持的距离,身边这位应该就是。

他侧脸看过去,惊讶地发现那位戴着墨镜的警察再度出现在副驾驶车窗外,胯下摩托和他的车同样速度,现在正透过墨镜看他大白天不断挥舞着雨刷。

警察嘴角下垂,法令纹极深,似笑非笑,似乎也在替他身边有精神病患的命运感到担忧,但其实没有——警察对他做了个手势,示意他好好看前方。

他扭正脑袋,前面那辆货拉拉已经陡然停下,红色刹车灯在车身的淤泥包裹下几乎看不见。他猛踩刹车,脖子咔嚓响了一声,脱位般剧痛,宋春风跟着发出一声尖叫,车刹住了,车前风挡倒是干净了,陈亦奇的脖子现在却只能向前看。

宋春风问,现在我们去哪儿?

堵车中,陈亦奇缓缓扭动脖子,嘴里发出嘶嘶声缓解痛苦。陈亦奇说,别看着我。

宋春风哼一声,又笑了,逗小孩儿似的说,你不看我怎么知道我看你了? 这态度让他恼火。

怎么能不知道呢? 陈亦奇太熟悉这样的目光,鱼钩般的,带着温度和期待,一种隐藏起来的暴力,细小锋利,不易挣脱。

这目光可能来自他母亲、他女友、暗恋过他的人，同样热切，同样需要回应，他全部想逃开。

你欠这么多人钱？宋春风问。

我没有！那你跑什么？有人追，人就会下意识地跑。陈亦奇回答完有点后悔，跟这个来路不明的女人说这么多干什么。

所以你才躲着我？对方不依不饶，没有停下的意思。

陈亦奇想转过脖子表达愤怒，但脖子受限，只得提高声音说，我再说一遍，我根本不认识你！

对方没立刻反对，闷头鼓捣起自己的手机，然后将它撑在他面前。那这是谁？

陈亦奇向后靠靠，调整眼睛的焦距，他惊愕地看到了另一个自己，是同样叫作"一起"的，和自己一样的微信头像，一样的朋友圈签名，甚至，连朋友圈里的内容都一模一样。只是陈亦奇只发公司广告，这高仿的"一起"会在广告中夹杂一些深夜发出的美食美酒图片，配上一些酸话，当然不是他的风格。

这不是我！陈亦奇接近于惨叫，内心非常困惑。

不是你是谁？宋春风抢回手机，咔嗒锁了屏，似乎看透了他准备抵抗到底,暂时放弃跟他争辩。

陈亦奇突然想起早上冲下高架的那台车,现在他也有这份冲动。后车按起喇叭,那交警在应急车道上骑着摩托,嘴角继续下垂着,冷冷看着陈亦奇和他的车。陈亦奇赶忙点头致歉,猛力踩下油门,先不管了,开到曹志朋家再说。

因为没有电梯卡,他们只能走楼梯,幸亏曹志朋家只在十层,但爬过六楼,俩人都有点上气不接下气。

那真的不是我!陈亦奇脖子僵直,气喘吁吁,给仍紧跟在身后的宋春风解释,已经接近求饶。

刚才停了车,陈亦奇给宋春风看了自己的手机,打开微信,比对细节。

你看头像虽是一样的,但朋友圈有出入,我不发这些有的没的,我的车也不是保时捷,你看,这也不是我的手,我手没这么肉乎。况且微信号不一样。高仿的这个,连带改了微信号为chenyiqi1990,弄得比自己更像真的。

所以,真的不是我。陈亦奇擦掉额头的汗,打开宋春风那侧的车门,示意她下车。她抱紧自己的包,疑惑地看着他，问，那他是谁？像回答这个是他陈亦奇的义务，像他有义务找出那个高仿，那个潜在暗处的浑蛋，那个用他的脸欺骗她感情和钱的真凶。

我哪知道他是谁？！陈亦奇真急了，他有加上这个高仿号的冲动，但自己有更重要的事要办，曹志朋人在哪里什么情况还不知道，想要的分红也顺带消失，每件事都比有人冒充他这破事更重要一些。

他接近气急败坏后，由衷放弃了，说了声，你随便吧。车也不锁，转身就走。宋春风紧跟着下了车，甚至走得比他更快些，不忘叮嘱他一句：锁车。

门铃持续被按响，快没电了，有点走音。陈亦奇脖子梗着，在门上艰难地侧耳倾听。

不像跑路了。宋春风四下看，手翻着鞋架上的快递，嘴里嘟嘟囔囔，她说，但也走了至少三天。

她拿起快递盒中的其中一个，掂掂分量，再用手摇摇，试图听出里边是什么。陈亦奇痛苦地闭上眼睛，选择眼不见为净。这女人是铁了心跟着自己，腿脚还挺好，十楼也跟着爬了，到八楼时还问他，你上次联系他是啥时候？他正持续拨打着曹志朋的电话，当然没有人接。后来用手机微信拨出去，那里头是李宗盛在唱：为你我用了半年的积蓄，漂洋过海地来看你。为了押韵，愣生生多加了一个"地"，算病句吗？显得"漂洋过海"格外艰辛。叠着他俩爬楼的喘息和脚步声，算是一种应景的忧伤。

宋春风蹲下身子，手在鞋架底下摸索。陈亦奇懒得管她。她自行解释说，没准儿有钥匙。他有女朋友没？他家里人电话你有没有？

陈亦奇挂掉电话，突然发现自己对曹志朋了解甚少。女朋友现在应该是没有，他是家中独子，他父母的联系方式自己也没有，但公司应该有登记。他一时间也想不起曹志朋除了自己之外还有什么更亲近的朋友，不免觉得惭愧。那他和曹志朋到底算不算亲近呢？女友不是老取笑他俩应该一起过吗？为什么他对他的了解仅限于此？

宋春风接着发难，问，你们不是好朋友吗？陈亦奇茫然翻着微信，一个名字闯入他的脑中，是曹志朋唯一介绍过的女朋友，现在该是前任了，叫小晚的，一个小演员，笑起来眼睛弯弯的。当时还加了微信，小晚声音脆脆的，说，陈哥你这外形应该当演员啊。陈亦奇皱眉在微信搜索框里搜索，没有"小晚"这个名字，他又从不备注别人的昵称，对自己的记忆力相当自信，坚信能想起的总能找到，能找到的不用随时想起，现在觉得自己脑子很笨脸很疼。

突然间，曹志朋家的门开了，是宋春风拿钥匙拧开的，她得意得很，笑着看他，邀功说，鞋架下真有钥匙，哈哈哈，你同伙也是个普通人。

宋春风翘着尾巴率先进了门，迅速被房间内刺鼻的恶臭顶了出来。屋内很黑，宋春风右手掩鼻，左手找到墙上的开关，按了两下，灯没亮起。

陈亦奇磕磕绊绊摸索到窗户那里，唰地拉开了遮光帘。他只来过两次，一次是暖房时，一次是送酒醉的曹志朋回家。大概知道这房子的结构。

阳光冲进来，曹志朋消失前的生活一览无余。这里是单身男人之家，单身抽烟的男人之家，单身抽烟酗酒的男人之家。除了已然烙出人形的沙发，整个客厅乱得没法下脚，乱七八糟地堆满了衣服、鞋子、摆件、活动用的展架，别说秩序，连个基础摆放逻辑都没有。沙发之所以空着显然是因为要用来睡觉，睡觉应该也不是因为它舒适，只是因为酒后可以直接躺倒，不用再多走半步。沙发前的茶几上，烟灰缸内堆满烟蒂，酒瓶子梅花桩般林立，红酒、啤酒、威士忌、清酒、梅酒，能喝光的全喝光了，不能喝光想来该是过于难喝，房主业也尽力。

陈亦奇拧开窗户，让外边空气进来一些。宋春风胆子挺大，现在人已从卧室里出来，手里多了一只猫，光溜溜的，一根毛都没有，眼睛大得不合比例，此刻正在她怀中哆嗦。

好消息是房间里没尸体你同伙没死。她说，臭是它干的，它还没学会盖屎，拉倒是都拉在猫砂盆里了。她冲着那猫说，你怎么那么瘦宝宝，饿坏了吧？那猫叫一声，瘦骨嶙峋，难民一般，眼睛滴溜乱转。

你赶紧把那猫砂铲了，臭死了。她对陈亦奇发号施令。

宋春风给猫接了碗水，它立刻冲上去，显然渴坏了。宋春风到门口拿了刚才听过的快递盒，徒手撕开，里边竟是几个猫罐头。她更得意了，说，我听着就像这个。

陈亦奇捂住鼻子处理完猫砂时，那猫已经在沙发上吃罐头，狼吞虎咽，兼带发出迫不及待的呼噜声。

你也不知道他养了猫吧？宋春风看着他，再开一枪。她坐在光里，显得正义，威严端庄。陈亦奇内心不安，确实是不知道。他行李箱一般放哪儿？看看还在不在。她又安排他。他当然不知道，只好没头苍蝇似的乱找。

行李箱是没有的，但是一直没有还是已经被曹志朋拉走了，陈亦奇没有答案。

房内细节除了再次印证曹志朋是个酒鬼，睡眠不好，新养了猫，没有其他更有价值的信息了。一切只是指向他对曹志朋几乎一无所知这条线索，不免让人觉得沮丧。

陈亦奇关上窗子回身准备离开时，宋春风已经将猫打包好，开放式厨房岛台上的纸箱里，是周身无毛的这位，一个手提袋里，是它的饭盆水盆猫罐头。

咱们带上它吧，当作猫质。宋春风恶狠狠地说。

看陈亦奇迟疑，她补充道，不然呢？把它放在这等死啊？主要你也不知道你同伙什么时候回来。

陈亦奇眯眼看着宋春风，像隔着浓雾。眼前这俩活物，可以说都跟他毫无关系，但现在怎么都变成必须要他负责似的。

陈亦奇抱上猫箱子的时候，那秃猫抬头看他，呼噜了起来，楚楚可怜，讨好型猫格。真荒谬啊这个早上，陈亦奇肚子咕咕叫了两声。宋春风说，我也饿了。

陈亦奇想，跟我有什么关系？

楼下叫"满满"的韩餐馆里空荡荡的，大中午的，除了陈亦奇和宋春风，一个消费的都没有。为了免除大眼瞪小眼的尴尬，俩服务员分两次将赠送的小菜和水端上来。

宋春风没再纠缠他，只顾着逗猫，念叨着你到底叫什么呢？并不在意猫是否能懂。陈亦奇感谢秃猫。好歹那目光不再缠着他了。

宋春风点了石锅拌饭，陈亦奇点了醒酒汤，虽然没喝酒，但人确实迫切需要醒一醒，清醒或许对现在混乱的局面有帮助。醒酒汤终于上来，腌制过的雪里蕻里埋着筒骨，汤辛辣鲜香，只是烫得难以入口。

他跟服务员说，你好，帮我拿个空碗来。然后有什么突然被放到他脑中！那小晚微信不叫小晚，他兴奋地跟宋春风说，似乎为了挽回他在她眼中不是曹志朋好朋友的印象。宋春风看着他，没听懂，手没停，继续拌着自己石锅里的饭。

她的微信名是个碗！一只碗本身！陈亦奇喊出来，语无伦次，他在搜索框里打了"碗"字，等着那碗形的图标出现，小晚终于被他找到了，这份高兴远胜于她是否知道曹志朋的信息，当然她知道最好。

拨通了小晚的音频电话，电话那边开始嘶嘶啦啦，唱着：莫名其妙的话语莫名其妙的话语。终于接通，小晚说，是陈哥？我听不清你说话，信号不好。陈亦奇喂了两声，站起身来，人走出店去。

饭店玻璃窗上贴着迅速过时的"新年快乐"，底部蒸腾起一层雾气。陈亦奇脖子难受，整个上半身扭过去，看着屋内的被挡了一半的宋春风的身影。她整个人像坐在云里，一手拌饭，一只手伸进箱子里去摸猫。

陈亦奇说，小晚，我有急事找你，我再给你打一遍，信号不好。然后他摸了摸裤兜里的车钥匙。

阳光刺眼，他快走几步到楼的阴影里去了。

他没敢回头，暗自给自己鼓劲，那叫宋春风的女人和待在纸箱子里的秃猫，他本来就都不认识。

只是可惜了这猫，不过，放在曹志朋那还不如跟着宋春风，她看起来会很爱它。

宋春风将陈亦奇那碗醒酒汤搬到自己面前来，用勺子分一些到空碗里，吹了吹，尝了一小口。好喝，她自己跟自己说，样子气定神闲。这口汤下肚前，她就知道，陈亦奇不会回来了。显然他不是起身打电话时就想好的，他没有这个智力，很多人不愿意承认，坏也是一种智力。他定是临时起意的，但结果是一样的，伤害（当然不算）已然造成了——汤和猫现在都是她的了，都是好事儿。

她被离弃前总有奇怪的直觉，黄有明消失前有，那个高仿的"陈一起"消失前有，刚才的陈亦奇消失前也有，那感觉如此熟悉，内化为一种生活经验。不过这感觉只跟男人们有关，另外那些和自己的亲近的诸如妈妈妹妹和老狗之间却没有，着实令人遗憾。否则她肯定要多做些什么,至少比现在多,至少更好地说声再见,说,你别害怕,到那边等我,等我来,我记得你呢,我要再亲亲抱抱你。男人们不配得到这些,对他们越好他们跑得越快,爱他们像给他们压力。

其实陈亦奇说出第一句话时,她就知道自己认错了人,那个"陈一起"声音不是这样的,没有这个好听,他的声音她认得。这么想起来,全过程都漏洞百出。

她早上就知道自己扑了空,好在前半生都是这样,她习惯了,并不太难受。

后来再上车是正好看到陈亦奇躲在车里鬼鬼祟祟,自己无事可做——好看的猫狗,她现在都想逗一逗,反正她被老天解了职嘛。

现在他走了,对面留着一个空座位。宋春风不仅没急,内心反而涌起一股悲悯,替他逃开自己感到高兴,逃开得太晚了,差点都要陪着她吃完午饭了。这人真善良,对狗皮膏药般的自己一点办法都没有。善良是好人的标配,一种无用的美德。

她看着那只猫,用手指去捏捏它小小凉凉的耳朵，它用腮在她手背上蹭了蹭，叫了一声，似乎在说还有我在。她俩同时被逃开了，现在只剩彼此，唯有同病相怜。宋春风立刻纠正了自己，什么同病相怜，明明是——我正重新做人你马上重新做猫，你马上要跟着我吃香喝辣，你小子好日子都在后头。

这猫不像猫，长得像小孩，黏人，性格像狗，比她死了的那只还像。刚才她进屋查看时，它是踩在枕头上，正要去干点什么，听见她进来，便上山虎般地回头看她，表情是无辜的，丝毫不惊恐。因为过瘦，两个蛋蛋露在尾巴后边，显得过大了，不堪重负。它一声不吭，甘愿被她一把捞到手中，俩蛋凉凉的。它鼻子嘴巴有种健康的干净，表情总像心领神会似的，有着一份无可无不可的淡然。

她突然想喝酒，叫了瓶真露，顺带想好了猫的名字。真露你好，你好真露，以后你就叫真露了。

那猫对自己的新名字感到满意，呜咽了一声。服务员过来抱歉说，原味的真露没有了，桃子味儿的你看行吗？宋春风说我看不行。她和气了半辈子，下半场不想再和气。那就没有，服务员说话也很愣。

那就找找，宋春风抬眼看他，眼神和口气都很坚定。她想起那些自己讨厌的中年男人，往往中午就喝多了，舌头大到他们口腔放不下，偏偏还要耷拉在外边吹牛，可是没人敢违逆他们，不敢或者不愿意，造成的结果是他们可以横行霸道。

猫双脚踩在箱子边上，站起来观战。

服务员退缩了，说，您等下。

人一厉害，"你"就变"您"了。

人真是没劲，总是欺软怕硬，对吧？真露。她跟猫聊天，继续喝陈亦奇那汤，和上一口米饭，真香。接着听到服务员在吧台那边抱怨，哼哼唧唧。老了的人和服务员真是不行，不像那天的新小孩儿，积极主动，对人还有真的关心。店主嘘了那服务员一声，跟他说，去对门借一瓶去，别，借一箱。

现在一瓶真露，原味的，就在她眼前了。她得胜了一般，当着服务员的面摇了又摇，拧开这瓶酒。她说，再给我打一杯扎啤来。

宋春风喝着真露抱着真露，嘿嘿笑着，虚假又繁荣。服务员固然气，却也不敢再怠慢她。

中年人单独吃饭，状况难猜，如硬币两面。过于高兴的中年人像疯了——他们还是比较适合不开心，心事重重，符合地心引力的常年作用，丧得自然。他们什么都经历过了，笃信一切都是暂时的，没什么值得庆祝，也没什么需要期待。除了自己其他人都烦人、挡路、碍眼，都该死，必要的话，自己也该死。

宋春风不一样，喜气盈盈的，她在那次高潮后，变了一个人，另外的品种，人生皆为坦途，余生都是假期。境随心转原来是真的。她问那个叫陈一起的，你怎么知道我是女的？她真的好奇，不是没话找话。陈一起呵呵笑了，说，男的根本不会加我。他没来由地胸有成竹起来。现在想，这简直油腔滑调。

他说，这是不是你爸爸的头像啊？现在很多女的为了安全，都用爸爸的头像。名字也用。你看你，叫黄大成，听起来就好男性好不好应付了，他似乎是南方人，打字带出一点委婉。他在微信里哈哈大笑说，你就是个女人，而且是一个漂亮女人。

后来，她换上了宋得意的照片，酷似她的更年轻版的她。女孩们现在用各种滤镜，刻意让照片变得不那么高清，流行说法叫 ccd，让像素退回到更朦胧的年代。人类就是如此，喜欢走两步退三步，唯恐进步太快，其实身体早就跟不上技术，来不及一起革命。这张照片老又模糊，看起来更像她一些，这让她愧疚感少一些，除了这个，她对陈一起可都没有造假，说的全是真话。

她对现在自己的相貌不自信，现在想起来，也是因为她点开了陈一起的朋友圈，那里有他的脸，不是故意拍的，是被偷拍了般的，努力工作状态中的。她竟然是心动的。眼睛鼻子嘴巴都好，天然的好，像山像河流，本该如此般秀美。

这心动让万念俱灰之时的她，有了活下去的意愿，她确实需要一个人，但不是任何人。

这陈一起挺好的，长得顺眼之外，总跟她聊天，醒了就说早早早，睡前说晚安。可他也不是喋喋不休，说的话跟她认识的所有人都不一样，口音，逻辑，状态都不同，他从不让她的情绪掉地上，总能稳稳托住她。不知道为什么，她觉得他重视她，而她最需要的就是这份重视。

是距离让我想跟你多说话，陌生的人之间，其实反而容易真情流露，陈一起跟她说，我对你就能畅所欲言，跟我的健身教练也是，他像我平行时空的人，一走出健身房，他就消失不见了，我们除了打拳，能说很多心里话。今天我跟他说了，我网上遇到了一个人，我很喜欢她，我没想到我到了这个年纪还能网恋。

陈一起之前说了自己的年龄，九〇年，三十有四。宋春风看着手机，心里流出蜜来了。

其实我平时没有这么多话的，陈一起说，但和你不知道怎么了，刚打完这句，就想说下一句。我一放下手机，就开始想你。

陈一起的那些字化为一股暖流，经由宋春风的眼睛，缓缓流入她的心里，又到她腹中盘旋，所经之处都热乎乎的。

爱就是让你区别于他人。他说。

宋春风现在区别于他人了。她人本是在副食商场里，要买无油大饼，咸菜，春不老，烧鸡，一切都太生活了，每一个都足以让她回到现实。但她不想看这些，只想看手机里的情真意切和万千温柔。她停下来，手机举得又远又高，模糊的背景是柜台内的大姐，正用煎饼裹一只熏鸭，香味儿要将她拉回现实来，但她偏偏还想在这文字造的梦里待着。只有骗子才会如此说话如此会说话吧？这念头一闪而过，他为什么会喜欢她宋春风呢？明明隔那么远。可她宋春风又有什么可骗的？这么想又让她变得坦然起来。

也是那天早上，宋春风的眼突然花了，手机放近了看不清，要伸长手臂放远了才行。和她听说的一样，老花眼会在某天突袭你。这是逼你往前看，往远里看。脚下这步以内的，手臂可环抱住的，开始含混不清语义未明。老花眼的意义，大概是提示你，人生到了差不多就行的时候，不要过分追究。

和陈一起聊天的第十个晚上，睡前她听到了他的声音，不是今天这个陈亦奇的声音，后来她反复听过。他从来不发语音的，那天例外。

他发来一条很短的语音，前边是一声叹息，又像别的，然后他说，我好想你啊，春风。然后他又迅速发来了一条，他说，完蛋了，我爱上你了。又是一声类似叹息的，像喝了很多酒，有种长长的，从身体深处吐出来般的忧伤。他发来一首歌给她，这么唱：红颜若是只为一段情，就让一生只为这段情，一生只爱一个人，一世只怀一种愁。那声音转来转去的，落在她的眼睛里，让她流下泪来。她听着听着，一遍一遍，终于睡着了。

他吻她的耳朵，呼吸热切，鼻息在她耳际，让她痒痒的，他手在她身上逡巡，顺带轻叩她的身体，像让她别睡，又像要哄她睡着。

歌里唱了：纤纤小手让你握着，把它握成你的袖，纤纤小手让你握着，解你的愁你的忧。她皮肤热了，乳头变得大而硬，身体不由自主向上拱起。我好想你啊，他在她耳边说。

那声音化为温热的舌头，从她的脖颈到胸部到肚脐，又秃鹫般俯冲下去，将她咬住、按下、撕碎，活活吞了下去。他在她身上，让她无法呼吸，但她有他，也不用呼吸了，什么都给他，都随他去。

她醒来的时候眼角还有泪，但明明已经过去了一夜。她迫不及待拿手机跟陈一起说了一声早，他立刻回复了她，像人就躺在她的身边一样，他的声音就在她耳边,还有一些倦怠。

他说,早。

她问他,你在干吗?

他说,我也在想你,昨晚上也梦到你了。

他用了也字,像知道她梦到了他一般。他果然与众不同,和她认识的所有人都不同,他醒了第一件事就是想找她。

现在,宋春风嚼着海苔饭,看着对面的空椅子,伸手叫了第二瓶真露。又问,一箱真露几个?

对方吞吞吐吐,六个。

那剩下那四个也都给我。

她说,我喜欢真露。

那猫已经知道自己的名字,也像听懂了她的喜欢,它鼻尖湿湿地划过她的手,再用腮帮子蹭她的手背,左边三下右边三下。她唤它的名字,它便仰起脸来看她,它的脸像极了婴儿。宋春风突然理解了那些对着婴儿不断说话的人,嘴里絮絮叨叨,一半是因为爱,一半是因为寂寞。

陈一起是在跟她聊到二十五天的时候突然消失

的，没有任何预兆，除了她内心晃过的那一丝关于男人的直觉。她发出去那个"早"的时候，就觉得自己要失去他，大着肚子等黄有明回音的日子突然倒灌到今天，凉水般兜头浇下，从头湿到脚面。果然，他连续三天都没有回复她。

她不敢多发，假装若无其事，隔几个小时说下自己在干什么，我吃饭了，我睡觉了，我睡醒了，他一概不理。她试着发过几个问号，没有反馈，不能显得自己过于着急。后来试着打他的电话，铃声还是那首歌：纤纤小手让你握着，解你的愁你的忧。她后来都会唱了，那时听来，更像是一种嘲弄。

她从怀疑到愤怒到担心到不解脑海中不断编织出一些情节，整个人方寸大乱。撞车了？手机丢了？被抓嫖了？总之没有一件好事。可一个人怎么能凭空消失呢？

第四天半夜两点半，他发了一条微信给她，说，对不起。我们还是算了吧。她其实已经算睡着了，那时却突然醒来，她爬起来追问他，你怎么了？他"对方正在输入"了好一会儿，最终什么都没发过来。

那时刚刚要来暖气,水在楼里爬来爬去,咕噜作响,像一个呼吸困难的哮喘病人。

宋春风拿着手机,眼看着天都快亮了,她跟他说,早。天亮之前你不回我,我就拉黑你,我不想再担心了,一点都不想,我担心够了。

她肝肠寸断,后来看书,她知道在心理学上,人需要得到回应,叫作心理闭合。心理闭合后,大脑就好去处理别的事情。大脑能存储的东西很多,但当下能处理的东西就那么几件,以方便人躲避危险。心理一直不闭合,就会一直记挂,所以不回我们微信的人,让我们感受好像自己更在意他们,其实是,没闭合。

陈一起六点半发来了回复,她暗暗庆幸,那天天亮时间是六点四十。他先打字说,我在ICU外守了三天了,我妈……现在每天每分钟都在花钱。陈一起突然发来语音,拼命压抑着自己,但突然悲声大放:我真的舍不得我妈,她受了太多罪了,什么都没来得及享受过,我真没用啊……春风,你能借我点钱吗?

小晚穿着个黑长羽绒服从摄影棚里跑出来,头上戴着古装的发饰,看样子演的应该是丫鬟,远远看见陈亦奇，她高兴地跳了跳，性格看起来挺好。陈亦奇站在车外眯眼看着她半走半跑着过来，人正饥寒交迫中，不禁怀念起刚才那碗不能入口的醒酒汤来，这么想想，连宋春风和那猫也不那么讨厌了。

陈哥，你来多久了？不好意思，有烟吗？小晚鼻子冻红了，人笑盈盈的。

陈亦奇递给她烟盒，帮她点上烟，她用手指轻轻拍他的手背，姿势很江湖。深深地抽一口烟，小晚跺着脚说，你非要跑一趟，我知道得也不多，但我有一种预感……她忙着抽第二口，这让陈亦奇更加着急。

刚才电话里，小晚急得气都来不及换说，陈哥我现在马上拍戏了我得站着当背景还不能换人因为这个机位里就只有主角和我。她突然声音变得很低，像是抱怨，说，她老忘词已经拍一上午了。陈亦奇说那你告诉我地址，我来找你。小晚说好挂了先。随后发来个定位。

小晚捶着自己的腰，脸色一变，目光凶狠地看向陈亦奇，说，倘若你负了我，我们便自此恩断义绝，不复相见。陈亦奇吓了一跳，见小晚哈哈笑了，才反应过来她在念台词。小晚收住笑说，你说就这么几句词儿有什么难背的？她愣是背不明白。小晚总结说，所以，红都是命。但什么不是命呢？她问完这个问题似乎难住了自己，忘了自己刚才对曹志朋的预感。

陈亦奇看着她，不得不提示，小晚，你最后一次见曹志朋是什么时候？

小晚说，前天。他突然来剧组看我，还喝了酒。说自己卡被银行锁了，暂时取不出钱，让我转账给他点现金，我说我只有三万块，他说那就都给他，等卡弄好，立刻还我。我们俩其实早没那关系了，但信任和感情肯定还是有点儿。他就在这儿。小晚指指眼前的那个空停车位。

然后呢？

然后在这儿上了一辆商务车。我问他去哪儿，他走路晃悠悠，一身酒气，说，去机场，出个差。他上车的时候我突然有了一个预感，我觉得，他不会还钱给我的，也不会再回来了。他的背影就是四个字，穷途末路。

来不及细想,陈亦奇手机一振。他脖子不舒服,只得俯下半个身子查看。微信里,此时多了一条女朋友的消息,她说,陈亦奇,长痛不如短痛,我不等你了,东西我今天会拿走一部分,剩下的我找一天再拿,我不想见你,不要联系我,谢谢。

陈亦奇尽力站直了,突然放弃了从小晚这里获取什么信息,谁不是穷途末路?

4.

车是突然休克的，所有仪表盘全黑前似乎是发出了一声极小的异响，不大确定，然后车就保险丝断了般——休克了。所幸故障地点发生在一个红绿灯前，是陈亦奇踩住刹车之后。如果在行进中，后果该不堪设想，或许也像早上那台同款白车一样冲下高架也说不定。当然，一直行进的话也许就不会坏。

从郊区折返的路上，陈亦奇的车突然毫无预兆地趴了窝，像是为了呼应这个混乱倒霉的周一，剧情足够丰满了。

陈亦奇试图踩住刹车打火，像按住一个晕倒的人的人中，车毫无反应，不接受唤醒。他又用力按双闪键，车也没有声息。后车们开始焦躁，纷纷按着喇叭从他身后绕出，再下意识看看车内的他，重新回到自己的路程。陈亦奇在车内无计可施，初步判断是全车断电，除了自己这侧的车门，其余的全然打不开，包括后备厢，以至于他连警示牌也无法拿出。现在他像极了那种毫无常识的车主。一位大哥开到和他并排，停住不走，示意他放下车窗，他当然放不下，只好拉开车门，探身出去听他要说些什么。

大哥不嫌天冷，伸出光头来，鼻子皱着献计献策说，你车坏了他妈倒是打个双闪啊！

陈亦奇擦汗说，我倒也想呢，全车没电啊。

大哥哑了一下，仍很关切，说，那你放个警示牌啊！多他妈的危险！！

陈亦奇解释，没电我打不开后备厢拿不出警示牌啊！

大哥发现他智商和自己不相上下，建议未遂，挺不高兴地开走了。

陈亦奇找了半天，从车里掏出个保温杯，戳在车屁股后边勉强作为提示，自己站在路边打救援电话，身上的薄羽绒服瞬间变得毫无作用，人和大脑和心瞬间都凉透了。太阳很大，阳光刺眼，却怎么一点温度都没有？

四十分钟里，陈亦奇人已冻透，示众般站在自己自杀的车旁，无异于另一场自杀。路过的车主们纷纷对着陈亦奇行注目礼，有的嘴里还不干不净，他现在是让本不顺畅的路变得更加难走的始作俑者。陈亦奇同意他们，对自己倒霉蛋的身份也很接受，没有半点要反驳的意思。谁不是呢？每个人都是自己人生的肇事者，受害者嘛，则见仁见智。

人生由小事儿构成，随机且无常，但今天，麻烦们约好了似的，要合力将他摧枯拉朽。自己、自己的车、好朋友、女朋友、自己的生活、原本正常运行的一切，悉数出了问题，包括这头顶上的太阳。

救援车来的时候，陈亦奇已经饿过了劲，人也变得乐天知命。救援师傅只有一个人，长得像佛。胖是真胖，手脚倒不慢。他喘着粗气，四周巡视一圈，又拿来电瓶，掀开车的前脸，啪啪这么一电，车瞬间瞪大眼睛，彻底醒了过来，接着顺从地被师傅赶上了救援车，随即五花大绑。现在这车，大还是那么大，白还是那么白，但竟生出一种被降服的乖巧。

一切妥当后，陈亦奇说，师傅，要不你也拉我一截儿行吗？这不好打车。

师傅说，规定是不行，而且我前头也没地儿。你非要坐，你就坐自己车里，但人得猫下，别让警察看见。

陈亦奇说成成成，人爬上去时候已然没了羞耻心。又想起早上这个姿势的自己，那怪鲜艳的女士钻进来和他头对着头，事情就是从那会儿开始变得不对的。也不知道那女人现在怎么样了，但应该，比他饱，比他暖和。那猫也是，虽然连毛都没有。

就这样，陈亦奇姿势一言难尽地屈辱地坐在自己的车里，自己的车没羞没臊地坐在救援车上，一人一车，顺利回到了位于城中的4S店——正是陈亦奇日常保养的那间。

服务人员很客气，说，这种情况很少见，原因一定给您查明白。

陈亦奇心不在焉，只是问，之前保养的时候说咱们有饭，我从没吃过，现在还有吗？

对方说，过饭点了，但茶饮区应该有饼干点心啥的。

陈亦奇说好的，谢谢，人已在去二楼的路上。对，周一下午四点多将近五点，天将黑未黑之时，陈亦奇，那宝玉一般的人儿（曾经），斜着身子，脖子动弹不得，站在4S店二楼大口吞着苏打饼干，容颜尽毁，接近狼吞虎咽。

美丹牌，香葱芝麻味儿。

陈亦奇拍照下单，想着要给家里储备一些，也算报答救命恩干（饼干）。女朋友有时胃疼，有时低血糖，没准儿也需要这个。

现在他无处可去，只得回家。

目之所及的一切都崩坏了，希望家里没啥问题。哦，没准家也坏了。女朋友不是说了吗，已拿走自己的东西，还会再来拿，但现在，不要联系她。陈亦奇在这个下午，有了接受一切的淡然，看待万物分外慈悲，或许只是疲惫造成的。虱子多了不咬是这个感觉啊。他三十四岁，第一次嗅到生命本身的味道，香葱芝麻味儿，不对，是血腥味儿，热乎乎的，正从鼻中汩汩而下,火烧火燎。

岛台内服务的大姐认真看着他,像欣赏一件宝物,他知道自己脸的情况,但这么目不转睛是不是有点儿过分了?今天遇到的人,都没边界,不礼貌。陈亦奇躲开目光。大姐不依不饶地看着他,抽出来几张纸巾,说,先生,你流鼻血了。

陈亦奇回家下电梯时双眼望天,头尽力仰起。外边天彻底黑了,鼻血总算止住,但他害怕它们不打招呼卷土重来。天太干了,跟刚才的饼干似的。

楼道里的灯坏了,踩不亮,窗子半开着,寒风翻进来转了一圈,发现里边更冷,又逃出去。这物业也差,同样是什么都不管。

陈亦奇过去关完窗,回身到了自己房门口,黑乎乎看不清,走过来全靠日常记忆,脚却踢到一个软乎乎的东西。俯身细看时,眼睛已经适应了黑暗,那怪鲜艳的一团,竟然是个人,再看,不是宋春风是谁?陈亦奇本来吓得不轻,要骂出声来,但确认是宋春风,反倒松了一口气,都是鬼的情况下,见过的好过没见过的。

现在她人坐在地上靠着他的门……酣睡？还是死了？状态不详。

按说这么大人应该能看见的，但陈亦奇脖子受限，所以竟然只是踢到，竟然没踢醒。

陈亦奇打开手机的手电，凑近看看，那怪鲜艳的身体酒味儿挺大，上下微微浮动，说明人有呼吸，说明活着。身边放着的箱子里倒着两瓶真露，一个手提袋，放着猫粮猫砂猫饭盆，但里头并没有猫。

宋春风被陈亦奇喊的一声"喂"惊醒，排除万难地睁开眼睛，尴尬地冲着陈亦奇笑了下，说你回来了？声音含糊，像人在客厅里等他一般。现在又意识到自己人在地上略显失礼了，努力想站起身，但腿麻了一时找不到发力点，只得继续仰头嘿嘿傻笑着继续看他，顺带伸手挡住他手机电筒发出的强光。

她显然喝多了，说话竭力自然，但做不到。

我等你呢。

你怎么在这睡？不凉吗？猫呢？陈亦奇急得语无伦次。

她想了下，拉开自己的袄子，顺便释放她一身的酒气，猫从她怀里露出头来，眼睛灯泡般的，发出亮光。

陈亦奇已然抓狂，你，你怎么知道我家地址的？

宋春风认真回答，你告诉我的，不对，是那个陈一起告诉我的。

那骗子竟对自己了如指掌？陈亦奇气急败坏。

你起来！别挡着门！他又无计可施起来。

宋春风笑的就是他这一点。善良，好人们无用的美德。她晃晃悠悠站起，顺带抄起屁股底下垫着的那个东西，竟是那韩餐厅的椅子垫。

她嘿嘿笑着解释说，我跟那饭馆老板要的，说给猫用，我说天冷，今天来不及买窝，他就送我了。

陈亦奇懒得听，拨开她，心一横说，你赶紧找你该找的人去。也不看她的表情，以免心软，也怕上当受骗，他伸手挡住密码锁开门。身后没有了声息，连委屈的反应也没有。

门开了，陈亦奇心里跟自己鼓劲儿说，千万不要回头看，可侧身关上门前，还是瞥见宋春风抱着猫站在门洞泄出的光里，软黄色中，人和猫同样表情，略有期待，但也不是强求。尤其那猫，伸出爪子，五趾张开，凌空对着他。

她说了声，可我只认识你。

陈亦奇说，可我不认识你。然后硬是把门关上了。

家里不乱，没陈亦奇现在心里乱。陈亦奇茫然在屋里走了一圈，打开衣柜看看，觉得一切如常，感觉女友没拿走什么"自己的东西"，陈亦奇再走一圈，担心她已经拿走了很多"自己的东西"，只是自己毫无觉察。

今天被宋春风不断提及他和曹志朋的关系无疑是一种启发。日子的线索有时像卷了边的胶带纸，结了痂的膝盖，破了洞留有线头的旧毛衣，人总是冲动撕一撕、抠一抠、拽一拽，看看接下来会发生什么，直至无法收场。

现在看来，他的自以为是更像一种失职，是对生活周遭的漠不关心。自己倒也没干别的，每日如驴子一般一直在埋头努力，现在看来，这未必是对的。而且自己所谓的理想又是什么呢？总之不是女朋友说的那种具体的类似分红之类的东西（他似乎看不上），也不是任何一种具体的生活，只是臆想状况和一切都比现在更好，这么一看更像是对现有生活的逃避。有理想更高尚吗？陈亦奇突然觉得女朋友真拿走了"自己的东西"，是自己一直坚守到今天被一击而溃的信念感。

现在这家里只剩他了，温度似乎降了几度，有冷锅冷灶的意味。他转到门口，透过猫眼看出去，外边竟没有了人，他侧耳听了下，也没有声音。这么冷的天，那女人喝醉了，猫一根毛都没有。离开这去哪儿呢？找死吗？

想到这里，他猛地拉开门。宋春风便随着猫和箱子一并倒卧进来，摊在陈亦奇的腿上脚上膝盖上，顺带导入了楼道的风和冷空气，他脖子发出嘎巴一声，疼，但还是尽力托住倒进门来的一切。她刚才该是又靠在门上睡着了。陈亦奇绝望地闭眼，双手被占了，只得用脚从沙发旁钩出那个米黄色的豆袋沙发，那曾是他和女朋友最爱抢占的看电影宝座，可躺可卧，这两年没怎么再用过。

摆好箱子，他将宋春风拽到那沙发上，顺带关上了门，为正本清源，他喊了声，你醒了酒立刻走！然后转身去厨房那里给她倒杯水。回身看见那一人一猫，都奋力往豆袋沙发上爬。他皱眉将猫摘下，扔回箱子里去，又梗着脖子跪下，给它把那垫子铺上。

猫们虽然都是裸体，只有它通体无毛，便像真裸着，看着好冷。正想着，一只手伸到陈亦奇眼皮底下，在箱子里左右探寻，摸了摸猫攥住它拿起，另一只准确地掏走了一瓶真露。

陈亦奇艰难转过半个身子找手的主人，宋春风怀里放着猫，已经把那真露拧开，正张嘴要喝，陈亦奇劈手夺过酒瓶，换给她茶几上的水杯。

她竟痴痴憨憨地笑了，喃喃自语，你还是关心我的。

她眯眼看着陈亦奇那瘦身板，由近及远，越来越清楚。听到她说了这句，陈亦奇从喉咙里挤出一声绝望的由衷的无奈的"呃"。

你可以说脏话的。宋春风说。

陈亦奇说，不会。

宋春风说，你试着骂一句，他妈的。

陈亦奇说,你别说话了。

"一生只爱一个人,一世只怀一种愁。"那男歌手是怎么回事?唱得柔肠百结,愁苦得不像男人。男人明明不这么思考问题,世上本不存在这种愁。所以说人类越没有什么越要描述什么越缺什么越要歌颂什么,诗词歌赋都是骗人的!明明他们一转头就能忘得一干二净!可眼前这男人不会转头,他脖子坏了,梗成一个角度,此刻人正在厨房里煮面,锅里冒出热气。

宋春风笑了下,他的行动真幽默,和脸不相称。喝醉真好,怎么能这么好?之前怎么不知道这么好?这沙发也舒服,怎么那么舒服?只是天旋地转的,跟坐旋转木马似的。

你知道吗?她跟煮面的陈亦奇说。

陈亦奇说,我不想知道。

她笑,说,你还没听呢,怎么就知道自己不想知道呢?

她闭上眼睛,双手张开,说,旋转木马你如果闭上眼睛坐的话,你就不知道自己在向前还是后退。因为你失去了空间感。泰坦尼克你看过没，杰克和露丝在船头那个经典的姿势，我想她肯定已经失去了空间，不知道泰坦尼克是前进还是后退。后退就好了，就不会撞上冰山了，但他们也不会白头到老，差距太大了，杰克会像现在的小李子一样发胖。但人们可以原谅他，人们比较容易原谅男的，你看露丝就不能胖，年轻时不行，年老了还是不行，胖就被观众骂，说她配不上杰克，也配不上这么好的人生。

她说起来没完。账面上还有钱，她给陈一起打了十二万，留了八万块给自己，总得生活。但陈一起自此真的消失了。不过没拉黑她，似乎要给她一丝希望。

她已经不看他微信了，页面早烂熟于心，全都背过了。她可能受骗了，也可能没有。

她闭上眼睛，生活也不知道是向前还是后退了，哦，这薛定谔的生活。

陈一起或许是在悲痛中吧，在办丧事，在大哭，在捶胸顿足，在披麻戴孝。或者只是沉默地，木然地，不掉眼泪。

她不能陪他，在通化没心没肺地坐旋转木马，一圈一圈一圈，还化了妆，像个疯女人。

你这旋转木马转让不转让？她问老板。

那人眼睛是斜的，一只看她一只看旋转木马，再没有人比他更适合这个工作。

他说，我也是打工的，你看我像老板吗老妹？他看着她和旋转木马说。

她不知道看他哪一只眼睛更合适。好在他不介意，说，要不我帮你问问，买卖不好，没准能行。

她觉得自己人都看不准，买卖指定更看不准，说那没事儿了我再想想，转身走了。但还是想着万一陈一起能把钱还她，她高低得把这旋转木马盘下来，哪怕每天自己玩呢。这工作不错。

她觉得十二万也没什么，说多不多，说少不少，有没有都行，但确实可以干很多事儿。旋转木马十块钱一次，一次不到三分钟，着实太贵了。她盘下来了一定先降价。

她下了马，胡乱走着，不知道自己身在何处。今天下午也是，她一直喝一直喝，服务员熬不住她，索性在对面桌上趴着睡了，看来生活相当规律。她回头看，老板在柜台里也睡了。唯独她宋春风醒着，手机里放着歌，猫已经上了桌。只要你不结账，就可以一直是消费者，一旦结了账，你就该起身走了，交易结束了毕竟。跟谈恋爱似的，不说分手，就对彼此还有责任，这是基本道理。

那这十二万，算是她为跟陈一起这段缘分结的账还是算什么？三个月的账单这么贵吗一个月都合四万了，成本太高。

陈一起还说要跟她见面，喝深水炸弹，喝了还要给她煮面吃。他们好多事儿都没干呢。她想不通，他不应该是骗子，骗子怎么会这么投入呢？还有很多细节，他说自己煮面要放蟹肉棒的，不仅是点缀，还多一分滋味，又有蛋白，比较营养，还会卧两个荷包蛋。

他说，你一个我一个。他那么温柔，让她觉得不真实，没有人替她煮过面，之前连嘴上说说的都没碰上一个。

香味现在扑鼻而来了，格外真切。

宋春风努力睁开眼睛，看到陈亦奇在餐桌上，梗着脖子，正对着一碗面吹气。他家是瘦长的客厅，不知道朝向，入户门设计在中间，沙发在左，开放式厨房和餐桌在右。宋春风坐在门边上，人陷在豆袋沙发里，可怜巴巴地看向右边香气的来源，嘴巴微张，没什么尊严。

陈亦奇被看毛了，说，你等着，我给你煮一碗，别动我的，这碗我吹过了。

宋春风立刻到场，脚步挺快，上桌等待，人对着那碗面咽口水，没啥灵魂，他那碗面里，果然是放了蟹肉的，不过只卧了一个荷包蛋。

宋春风竭力让自己保持清醒，那自己的陈一起和眼前这个到底什么关系？怎么会知道他这么多细节？继而她听到灶眼那边传来蛋壳被磕碎的声音，她赶紧提要求，蛋我要吃全熟的。

陈亦奇觉得送神很难，没搭理她，手捂着脖子，缓缓转动，等鸡蛋全熟考验人耐力，胃里的苏打饼干在灼烧，他极饿，着急想喝一口汤。但他还是给她放了几条蟹肉，符合他的技术标准，说起来，今天没有小葱，不然肯定要点缀下，陈亦奇这样想着，用勺子抵了抵那鸡蛋，应该算是全熟了。真荒唐啊，自己怎么就在自家厨房里给一个陌生女人煮面了？仅仅因为她说她认识自己？

餐桌上，宋春风灵魂回来了，人泪光闪闪，饱含深情对着那碗刚出锅的面。陈亦奇不看她，在对面吃得费力且仔细。他额头上垂下两绺头发，又白又挺的鼻子斜在碗上，睫毛的阴影投射在脸颊上面，浅浅淡淡的，像冬日北方天际线的山林。

宋春风等着弟弟妹妹长大的日子，看过这样的山林，那是北方的寂寥的冬天。现在这样寂寥的冬天又回来了，是只有自己的冬天。没人陪伴还好，但有人陪伴过了，再一个人终究是会感到孤单。

宋春风突然想哭，赶紧拉回视线，囫囵吃了几大口面。上次醉和这次有点儿不同，这次太晕了，有点儿坐不住。上次该是因为按摩了，酒精有足够时间挥发，这次时间还来不及救她，天气又冷。

这碗面下肚，宋春风变得更晕，太阳穴头顶后脑都如重锤在敲，咚咚直跳。她灵魂又从眼睛里逃走了，四下乱窜，在身体里寻找出口。它在头上无功而返，回冲到胃里，再翻入食道内，自下而上，一股股的，力道极大。宋春风站起身，试图捂住灵魂，它已经到她喉头了。

陈亦奇见她歪歪扭扭地站起，已知大事不妙，想做点什么，但什么都来不及。

她人冲过去推开客厅边上的一个门，随手抓起门旁边的一只红桶，她的思念、疑惑、憋闷、酒精，和灵魂，还有暂时说不出来的"对不起"，现在一拥而出。她吐了个昏天黑地，一干二净，顺带着哭了一下，将刚才忆起的山林和山林外的自己统一抚慰了，她眼泪夺眶而出，无法停下，她好痛苦，可也好痛快。

红桶是用来盛脏衣服的，现在已被陈亦奇扔掉，过程不想再提，桶也不想再提，于他今天所有事情反正都是全新体验就对了。

宋春风第一次冲进的是洗衣间，嘤嘤哭着出来，说了一句对不起，又要冲过去第二次。第二次长了记性，冲到另外一间，那才是真正的洗手间。她跪倒在地，一边哭一边吐，和马桶互诉衷肠。她一五一十地交代着自己，过往的人生，曾经的岁月，花了挺长时间。后来干脆坐在里边不出来，一直在说对不起。

陈亦奇说，马桶就是干这个的，不用太抱歉（需要抱歉的是那只红桶）。他那时人已变得相当慈悲，放过他人就是放过自己，他拿了浴巾牙膏牙刷还有自己的T恤和短裤给她，让她直接洗个澡换个衣服赶紧休息。

他说，今天真的别再折腾了。你可以睡一觉，明天再走。

他彻底放弃了抵抗，心里觉得，事已至此，不如接受命运的安排。她知道他的电话，星座，出生年月日，知道他的公司和家庭住址，大概率不是坏人，骗她的人才是。现在她也不陌生了，就是一个普通中年失意女性，她该不是她强行扮演的那种人，她只是假装厉害，表演失败。

她的道歉格外真诚，有点没法面对他之余，更像是无法面对自己。

陈亦奇说，我真的累了，你可以睡沙发上，茶几上有两瓶水，你需要多喝点水，被子我给你放沙发上了。

陈亦奇回到自己的房间,倒头便睡。他了解自己,大脑一旦过载,就会出现宕机式的睡眠。上学时有过,上班了也有过,和女朋友刚在一起也有过,负担另一个人太累了。她以为他死了,叫不醒但有平稳的呼吸。后来知道这是他的特长,他微笑着,不省人事。

今天他对宋春风当然有所顾忌,但现在困意大于这些顾忌。他锁了卧室的门,荒谬的一天被咔嗒一声关在了门外边。这一夜倒是睡着了,只是一直在梦里做卷子,一直是那么几道题,总也答不完。直到听到激烈的敲门声,陈亦奇才挣扎着醒来开门。

他还是他,头发翘着,内裤皱皱巴巴。这已经是第二天了,但他没有丝毫进步。他似乎听到嫌脏似的绕过他进卧室的女朋友的叹息,她面容平静,不带恨意,到衣柜里取自己的衣服,客厅里摊开一个拉杆箱,里边装着她的部分日用品。

原来她昨天是真的什么都没拿走,陈亦奇错怪了自己。

女朋友发完微信,下午没什么心情干活,专门列了要拿的东西清单。好容易熬到下班准备回家收拾时，被紧急通知拦住不得不留在公司加班。

参加他们品牌周日活动的男星突然塌了房，但总部那边的大老板人已落地中国，场地也定好了，媒体和自媒体们都收到了邀请函，一屋子人当下如同无头苍蝇，会议从给大老板解释什么叫作"塌房"开始。

会开到早上。活动将继续进行，大老板点赞了中国效率，一夜决定换代言人换方案但其他一切不变，大老板被带走吃北京的早点，他有时差，很精神，其他中国人则困得要死。

天刚微微亮，女朋友疲惫地在客厅里非常自然地脱掉昨天在身上盘踞太久的衬衣和裙子，像平时一样，上边很多皱褶和焦虑，满是班味儿。现在她非常后悔，身后毕竟陈亦奇在看着，但她也要坚持这样做完，这也是她的家。

打开洗衣间时她皱了眉，下意识问这什么味儿？又问，那红桶呢？寻找无果，女朋友只得将衣服直接扔进洗衣机里。回身看到陈亦奇穿着短裤坐在沙发上，双手夹在裆间，像个试图挡住不及格试卷的小孩儿。就在女朋友自然脱掉衣服的同时，昨夜发生的一切整块掉入陈亦奇的脑海,宋春风呢? 猫呢? 他几乎叫出声来。沙发上,被子被叠好了,他的T恤和短裤也整整齐齐地放着。他来不及反应,人就冲过去坐在了上边。欲盖弥彰。对,是这个成语。

女朋友已经穿好衣服,合上了行李箱。人走到冰箱那儿,开冰箱门拿了一瓶牛奶。她本来想洗个澡补补妆再走的,但现在一分钟也待不下去了,也不想质问,随便吧。

陈亦奇你大爷的,你屁股底下坐着什么以为我看不见? 餐桌上两只碗又是怎么回事? 你真当我瞎是不是? 就这么急不可待么? 但以上这些她一概没说,没有必要了。她拉着行李箱到门口穿上羽绒服时,陈亦奇说,昨天……唉,从何说起呢……是那谁……女朋友说,别找我。然后门开了,一阵冷风直冲进来,让只穿了内裤的他打了个哆嗦。这么临时他实在是编不出更合理的人物和情节。

是谁在女朋友离家出走的第一夜就约人来家里吃了面还留人借了宿那人还特别喜欢红桶爱不释手最后把这只桶拿走了? 这怎么讲都是个讲不圆的复杂故

事，真实情况则更长比这个更像编的。

电子锁发出落锁的声音，房间变得空荡荡的，外边的空气因为冷而显得清新，屋子里的味道则像旧事重提。陈亦奇站起身来，看着屁股底下被自己坐皱的T恤和短裤，不禁苦笑了下，这真像现在的自己啊，抹布般的。

他走到冰箱那里，想拿瓶水喝，发现，冰箱门上他和女朋友互相留言的小白板上（很久没用过了），赫然写着：昨夜对不起，但谢谢你。

字体娟秀，想象空间挺大。难怪女朋友走得那么快。

陈亦奇认真洗了个澡，细细刮了胡子，破天荒地涂了面霜。就在刚才，陈亦奇打定主意，要好好整理下自己的生活，有要重新做人的意味。曹志朋，女朋友，甚至自己的车，怎么每个人（车）都突然反常地离自己而去了？

上午陈亦奇还是去了公司，和芸姐对了对现在情况，账上钱确实已经都被转到曹志朋个人账号里去了。那几个黑衣人昨天抓他未遂，又杀回公司，按着芸姐让她承诺。

芸姐说我们陈总找到曹总就办，你们别在公司闹，员工看见了不好，对你们也没帮助。黑衣人们觉得是这个理儿，说那就给你们一周时间。下周一我们准时来，要么见到人，要么见到钱，不然咱们走法律程序，主要是走地下程序，咱们谁都别想好。员工们嗅到血腥味儿一般，整个办公区里鸦雀无声。

芸姐一直叹气，说当务之急，还是得找到曹志朋。她为难地问，可怎么连你也找不到他？芸姐见陈亦奇愧疚，不忍苛责，说我把涉及付款的合同整一整，一会儿发给你，你好知道现在的具体情况。你再想想有什么线索？

她转身走了，一副举重若轻的模样。

能有什么线索呢？陈亦奇想着，人坐在曹志朋的大转椅上转了几转，头晕。曹志朋是会享受的，大转椅稳稳托住腰臀和腿，严丝合缝，转动丝滑，他老说跟自己有关系的东西都要最好的，说这样人才能有更高能量，还说你陈亦奇那么帅，怎么对自己那么凑合？当时以为他开玩笑，现在想来这玩笑里有五成实情，自己确实太凑合了，三餐、关系和人生都凑合。

这时桌面上那只盛雪茄的箱子发出嘀嘀声，陈亦奇拉过来看看，保温保湿带电子显示，之前曹志朋给陈亦奇展示过的。都是随身雅物，他说。看来这次他真的走得急，随身雅物竟然一个没带。

陈亦奇打开雪茄箱，拿一根出来，在鼻下嗅嗅，按照曹志朋曾经的操作，有样学样的，拿雪茄剪剪了一根（其实更想用这个剪曹志朋的手），再用那喷火枪点燃了，大力抽了一口，雪茄的味道立刻散发出来，烟头处响起精细的燃烧声，状况却不如想象中美好，那烟气像只细胳膊，通过嗓子眼直捅到他肺里去，呛得他连声咳嗽，脖子更疼了，人顺带流出鼻涕眼泪。

他好容易止住咳，在大烟灰缸边上放下雪茄，人靠在大转椅上叹气，果然人是有享不了的福的，一切需要循序渐进。

他拿着那雪茄刀，闭上一只眼睛透过那圆孔看向外边，这一看不要紧，惊出了一身冷汗——原来坐在曹志朋的椅子上看过去，办公室外第一张桌子就是陈亦奇的，他和曹志朋同样面向大家，被曹志朋说这是全公司风水最好的位置。他说就不给你单独办公室了，你不像我，我秘密太多，你不抽烟不喝酒没有不良嗜好，就与民同乐吧，这样显得咱们公司特别扁平化特别一视同仁。

如今他坐在曹志朋椅子上才明白，原来自己和员工在做什么，曹志朋可以一览无余，甚至连他电脑屏幕上在显示什么，都能看得一清二楚。女朋友说过的话突然掉下来，落地有声：你当他是兄弟朋友，他也这么认为吗？还是只当你是高级打工仔啊，不怎么贵那种？这么说来，还是外企好。女朋友没有夸自己所在公司的意思。她说话有时刻薄，但有的刻薄只是因为准确。

原来，鱼缸里的鱼，是不知道自己在鱼缸里的。

此刻，他站在缸外打电话给曹志朋，急于想告诉他今天自己悟出的道理。曹志朋当然没接。

然后桌上的座机响了，声音绵软，说，曹先生，您今天会来空间对吧？

什么空间？陈亦奇问。

对方说，哦，我们是声音方程啊，您约了今天下午两点一个小时的疗愈。

陈亦奇沉吟了片刻，说，我来。但，你地址能给我一个详细的吗？

宋春风隔着猫包看真露，又嘟嘴亲了亲它。今日的例行电话当然是没打通，手机也基本没电了。

昨夜哭完，在陈亦奇家的沙发上躺下就睡了，五点突然惊醒过来，一时不知身在何处，疑似屋里还躺着妹妹，一会儿就要哎呀呀地叫起来，她甚至有点惊喜，后来知道搞错了，确认小妹已经永远离开了她。

她知道自己酒还没醒，去了趟厕所，顺带用酒精湿巾把那马桶里里外外擦了一遍。回去勉强躺到了天亮，趁陈亦奇没醒，她叠好被子衣服，在冰箱白板上写了字，抱着猫的箱子，灰溜溜地离开了陈亦奇的家。

她内心不断道歉，知道自己放肆了，重新做人做得不好，撒酒疯，散德行，影响别人的正常生活。这些事前半辈子没干过的，怎么这段时间都干了，到底是自己变了还是本性就如此？难道妈妈、妹妹、黄有明、狗、通化二机械厂的筒子楼都是自己头上的紧箍儿，一旦拿走自己就会现了原形？或者自己根本经不起诱惑,那嘴甜版陈一起一出现,她的欲望就大水漫灌内心决了堤? 现在她如此做就是为了报复他,让他对她不管不顾! 她要烂给他看,一种报复。她关门的声音极轻,内心却像在和一个类似希望的东西告别般的,极为沉重。

好版本的陈亦奇再见。

宋春风抱着猫走进冬天的早晨,路上的大家都不吭声,个个穿着黑黑灰灰,是厚重保暖的羽绒服,露出水肿未消的脸,表情都是大城市人的淡漠。

她抱着箱子走走停停,终于找到了一间开门的早点店,要了豆腐脑和油条,她有的是时间,于是吃得缓慢,一会儿要给真露买个猫包,这样背着方便也保暖。自己也买身衣服,还要买个皮箱,流浪起来比较方便,虽然暂时还想不到去哪里。

宋春风坐在那里盘算,手机惨叫了声,电量只剩百分之五。

早点店里没多余插座,老板说那边咖啡厅里有充电宝可以租,你过去看看。

宋春风带着猫和箱子过去,要了杯热拿铁,问店员充电宝在哪里，突发奇想说，妹妹你电话能让我用一下吗？

那女孩挺爽快，从围裙里掏出自己的手机给她，手机热闹，壳花里胡哨的，下边丁零当啷的都是饰物。

咖啡厅有个露天的窗，现在光斜斜打下来，像昨日真的陈亦奇的白脖子，宋春风站在那光里，拨出去那个烂熟于心的号码，三声过后，对方竟接了。喂？

那声音也是烂熟于心的，不是昨天那个，是拿走她十二万那个，宋春风几乎要喊出来了，但喊不出，于是只剩下呼吸声，手还在微微发抖，手机上缀着的小零碎互相磕碰发出响声，风铃般的。

喂？哪位？陈一起继续问。

背景里传来另一个模糊的女声，我们就在酒仙桥中路，798边上……

宋春风颤巍巍说了一声：你还好吧？说完立刻后悔了，这软绵绵的话除了没有力量，也没有信息量。电话立刻断了。

宋春风再打过去，电话被拒接了。

宋春风将手机还给店员。拿了充电宝，给自己充上电。问她，那个789是个什么地儿？

789？798吧，在酒仙桥那边，不远，原来是个工业区，现在改造成……旅游区了。

宋春风借了张纸，写下酒店桥中路和798。

电话一直打着，宋春风脸贴在各个门上，里边有的人视而不见，有的被她吓了一跳。

她穿着新的貂皮大衣，不合时宜，配上背后的猫包显得贵气又不伦不类，红唇过红了，鞋尖鞋跟极细，可被她硬走成合脚的样子。她顾不得，只想着赶紧拨通电话。

光很强，不像光，像探照灯，雪亮雪亮。

探照灯照住五米之外一个男人的背影，他接了她的电话，喂？这声音是对的，后脑勺也是对的。

她冲过去，掰那男人的肩，那男人回头，脸上却还是个后脑勺。她吓坏了，再转到他身后看，后脑勺后边怎么还是个后脑勺？！

宋春风大惊，在车里醒来。旁边，正是这个男人，同她坐在车后排，他脸色惨白，眼神空洞，诡异笑了下，开始冲着她的脸缓缓吹气。

宋春风动弹不得，要喊出声来，这时才在车里真正醒了，人出了一身大汗。

车后排的空调口正对着她大力吹气，司机师傅看她带了猫已经各种不乐意，现在见她还大惊小怪地做起了噩梦，有被鸠占鹊巢后的烦躁。

他从后视镜里看了她一眼，说，您如果着急，就下车走过去，这块儿是北京著名的堵点。

宋春风听出了弦外之音，说，不着急，着啥急？随手拧开了车上的矿泉水咕咚咕咚喝下。

身旁的猫包里，真露还在甜睡。她还真不着急，酒仙桥中路不会跑，798也不会跑，唯独那陈一起会跑，自己来只是碰碰运气，大不了是扑个空。但如果注定扑空的话，那扑空的消息来得晚一些比较好。刚才打完电话后她先去商场买衣服，换身行头，提振士气。再顺路找了间宠物店买猫包。

见车没有动的意思，宋春风突然反悔了说，那我还是下吧。司机鼻子里喷出一声嫌弃。宋春风不以为然，把另一瓶水也拿了，她看司机后视镜里盯着她，脸上有节俭未遂的表情，把刚喝空的那旧瓶子，施施然放了回去。之前不明确，现在宋春风立志，余生每天至少让一个男人不痛快。今天任务，达成。

黑胶机沙沙作响，电动窗帘已被关上了，房间内只有一盏台灯。

音乐一开始磅礴壮丽，海浪般将他淹没，后来变得舒缓，徐徐的，温柔地将他托出水面来。在几乎全黑环境里，人是能听到更多音乐细节的。

接待自己的女人刚才说，也许您会哭也说不定，反正曹总每次来都哭。他挺感性。

陈亦奇骂一声，现在我很感性，他在音乐里，提醒自己不哭，别成为曹志朋一样的人，内心充满戒备，甚至中途睁开眼睛，看向面前无限的黑暗里。

刚才他进门时，女人问他，您是曹先生的……大概是问什么人的意思。

合伙人，陈亦奇本想说好朋友，心里又突然没底，好在对方并不在意。他最近这几天人不见了，联系不上，我就过来看看有什么线索。

陈亦奇选择和盘托出，对方一时有点为难，感觉马上要说出什么客户隐私我们不能透露之类的话。可以知道的信息是曹志朋是这里的老会员，有卡，金额不方便透露，家里还准备装这个音响，年前订了货，看起来这次离开确是临时起意。

音乐疗愈，会员制，每六十分钟到九十分钟为一个单元，也为客户度身定制家里的音响系统，卖的东西又抽象又具体，不知到底算什么行业。这种地方陈亦奇别说来了，听都没听过。所以听完介绍，他说，反正他人现在来不了，他约的那个我来做就好了。他有点儿耍赖，但就是很想为难和曹志朋有关的一切。

女人换了副笑容，更有距离感一些，说，我去协调下。人捏着耳机猫腰出去了。回来时说，会员卡必须经会员本人确认才可使用，但您既然来了，房间我们也安排过了，我们就免费给你安排一次体验。放心，和曹先生这次约的是一样的。

陈亦奇进去，身体躺到那微凉的真皮沙发上。现在听完之后，人像被洗过一般。陈亦奇恍然回到了小时候大哭后的某个瞬间，如同长出新的肺，氧气充足，大脑变得异常清醒。

灯光亮起后，陈亦奇缓了好久的神才起身出门，接过那女人的名片，拜托她如果曹先生来的话，请转告他，事情都可以谈，都能解决，请他务必联系他。

他不敢多说其他，至于体验，他更不敢提，但他不能骗自己，六十分钟里，似乎有什么正从他身体里长出来。

确切地说，是从昨天开始，刚才那六十分钟只是一种确认。

他多久没有如此明确感受到自我的存在了？像回到了初中暑假刚拿到一套全新漫画的下午，鼻子埋在书里深深呼吸的时间——一种久违的深沉的幸福感。可为什么这竟让他如此害怕呢？是怕自己沉迷于这样的东西吗？还是怕因为知道不会一直拥有，才不敢面对其实想拥有这件事本身？还有曹志朋，他什么都会跟自己说，似乎毫无保留，为什么单单隐瞒了这个？

回过味来时，陈亦奇人已站在了街上夕阳里，呆滞看着街边玻璃窗内映射出的他，像看一幅陌生的画作，只是那画框里爱看漫画的中学生已经变为潦草的中年人。

此时，一个怪鲜艳的毛茸茸的女人走入画框，背着猫包，歪着头来看他。她说，发啥呆呢？我正好要找你。哈哈哈哈，我们的缘分啊。

宋春风，要不是她再次出现，他就可以完美地忘掉她了，日子行将恢复正常：曹志朋会回来，打来电话道歉，解释清楚原因，他借机提了分红的事情。车也修好了，店里拼命解释，证明车还是好车，还会陪他出生入死，望他不要介意。女朋友那边虽然费了些口舌，但还是嗔怪了一阵子，原谅了他。她好朋友就那么几个，一家家拜访好了，她们指定会为难他一下，但只是走走形式，像在婚礼上帮着新娘藏鞋，其实是想着法子要把她交还给他，允许他继续爱她。对了，婚礼该准备了，一切恢复正常后立刻开始。

可宋春风带着久别重逢的笑容不合时宜地出现，暗示他正常生活非但没有来，没准儿还将滑向更加离谱的方向。陈亦奇转身就走，她则在身后跟着，猫还起哄般叫了两声。

昨天我真的对不起你。她说，但你中午也丢下我了，咱算扯平了。

她还挺会自我谅解！我有重要信息。

她还非常自信！他断然不信，越走越快。直到她喊，我知道曹志朋在哪里！他才停下脚步。

回身看过去，宋春风站在夕阳里，因为逆光，脸色看不清楚，穿着貂皮大衣的身体被光照得红彤彤的，她的狭长影子正对着他，手里捏着一张卡。

陈亦奇，你这个态度，我突然不想说了。

爱说不说……

那就不说！

卡片在空中画出个问号，闪了下，被她收进兜里。

现在攻防转换，轮到陈亦奇跟着宋春风了。

善良，好人无用的美德。宋春风料定如此，转头笑了，就喜欢他无计可施的样子，像极了没有重生前的自己，他尚需锤炼，人还没学会发疯，怎么能活得轻松呢。

你到底说还是不说？陈亦奇问她，人已跟她到了附近的小公园广场上。

宋春风不理，专心听歌，脚跟着拍子，人手舞足蹈，又旋转一圈。陈亦奇险些被她打到，只好退开一点儿。为方便跳舞，宋春风刚已经把猫包丢给他，像他是她的随从。

广场上的流浪歌手正支着个架子直播，观众（席）这边摆着二维码，可以扫码打赏或者点歌。她停下来，貂皮大衣确实不是真的，不透气，动一动就热。

你真想知道，就帮我点首歌。宋春风说。

陈亦奇看一眼，五十一首，不便宜。

你不许耍我！陈亦奇说。

如果不是事关曹志朋，他断然不会答应。但现在他着实想知道那张卡是什么，什么重要线索？想着宋春风刚用过他家一个红桶，又给马桶道了半晚上歉，各方面都该不敢骗他。

这歌手唱得真一般，或许是第一次唱，或许这首歌太难，到副歌部分声音已像高空走钢索，听的人唱的人都担心：自古多余恨的是我！千金换一笑的是我，是是非非……恩恩怨怨……都是我！唱到这里已不像倾诉，更像投诉、像呐喊、像申辩、像控告，像委屈坏了要将自己爱的那个人打翻在地。

陈亦奇听得难受，眉头又拧成川字，人想逃开，可歌手服务意识挺强，盯牢他，与花钱点歌的人深情互动，顺带看回手机直播间的诸位。

陈亦奇躲开目光，看向宋春风寻求共鸣，却见她手揣在大衣兜里，人站定了，眼里似泪非泪，有明亮的东西。她整个人不聒噪了，有了三分落寞三分清冷，剩下的四分，难以辨别，但和之前她出现的任何状态都不同。

歌到了尾声，陈亦奇眉头松开，刚想说话，她从兜里钳出那张卡。

他长出一口气，她要放过他了。但她说，你答应我，如果去就带上我，左右我无处可去，没准还能帮你。

她瞬间恢复到之前很能胡搅蛮缠的样子，态度不容辩驳，像她无处可去是陈亦奇造成的。

那我不能答应。陈亦奇觉得临时加条件这种行为特别不好。

那算了。她把卡收了回去。

陈亦奇终于急了，这个女人，用了他家红桶吃了自己煮的面穿了自己衣服，现在恩将仇报！陈亦奇没再言语，转身就走。

女人并不拦他，看他走远。陈亦奇等不来挽留，有点失落。然后他听到手拍话筒的声音，宋春风觉得说话费劲，已抢过那歌手的麦，对着陈亦奇的背影喊话。

你说一个人为什么会突然消失？

陈亦奇闭上眼睛，觉得尴尬。广场上的大家倒是很有兴趣，遛孩子也不遛了，都想参与。

酒色财气赌！宋春风朗声自问自答。陈亦奇没有回头。

你说你输了挺久的钱，拿到钱第一件事儿要干吗？宋春风声音清晰传到他耳朵里。

想着回本儿！

他在赌场！她说。人在济州岛！

陈亦奇人站住了。后边麦克风正发出啸叫，那歌手声音在风里飘，姐，麦你还我啊。

5.

那镭射卡正面是金色，印有 logo，是朵莲花，汉字写着"天赏会"。背面则印有卡号、名字的全拼，还有张临时抓拍的照片，上头的 Mr. Cao 头发蓬乱样子疲惫。旁边小字是免责条款，提示不得转让，要遵守相关规定之类，一个字都和赌场没关系。

但这就是赌场，宋春风说，我打了上边的内地免费电话，卡有效期一年，截至2025年1月过期，所以卡是这个月刚刚办的，他刚去过。我还问了，这卡是干啥用的，对方说，要想从赌场提现，就得办这个卡。但这个卡也不重要，拿护照就能再办，所以他才会忘掉。

这对陈亦奇有说服力，曹志朋现在符合一个赌徒的全部特征。而济州岛，近，免签，有赌场，虽是韩国，但因为开发得早，中国人已在那里扎根儿，开枝散叶，语言都几乎没障碍。

卡是在盛猫盆的袋子里发现的，袋子是宋春风随后从门后挂架上拿的，里边还放着机场免税店买烟的小票及返回北京的半张登机牌，时间是上个周末。

也就是说，曹志朋在北京这一周，就是为了筹钱。

宋春风确实立了功，店员给了她新猫包说袋子帮您扔掉时，她习惯性地检查了下，然后看到这些，但如果不带上那只秃猫，这些信息将永久挂在曹志朋家的门后边。

宋春风看着卡，想到自己又会和陈亦奇再见面，心里竟有些高兴。但自己没有加他的微信，便想着下午碰完运气，晚上再去他家里找他，这次绝不喝酒，送完卡就走。

谁知道运气这么好，竟当街碰上了他。当然运气也很不好，她在酒仙桥中路走了三个来回，边走边打电话，手机都发烫了，也没有看到任何疑似"陈一起"的人，连个疑似的后脑勺都没有。

那背景女声说我们就在酒仙桥中路这块儿，像是给来公司的人确认公司地址，假的陈亦奇该是在这里某个公司上班，但这个"某个"又将线索带向了虚无，上班的人多了，这么找下去连碰运气都不算，真正大海捞针。

歌唱完前，她打定了主意，既然无事可做，既然都要大海捞针，那还不如帮陈亦奇捞，毕竟他需要她。她的运气都给他得了。

你运气真好，有我助你一臂之力，感动吧？她问他。

陈亦奇说，一点都不。

见他不感动，宋女士头一歪，脸冲外在旁边座位上睡了。

说这话已是次日早上八点多。陈亦奇在飞机上毫无睡意，端详着手里的卡，觉得来之不易，又觉得信息量还不大够。但有了这卡，至少大致锁定了曹志朋的去向，包括酒店是哪个，前提是如果他在济州岛的话。

没有人对这个"如果"负责，但不去就连个"如果"都没有。

宋春风昨晚说,机票我自己订,最早那班啊。不占贵公司便宜。明天我们机场见,卡我先拿着,上飞机再给你。

她坦然,公平,没有半点胁迫他的意味,像料定他会答应,料定他生活里没有朋友,公司里没有合适帮手。

现在,陈亦奇看看卡,再看看旁边的不再陌生女士,有苦难言。

她貂皮大衣无法折叠,大剌剌找空姐帮忙,还恳求着顺带要来了一双拖鞋,经济舱弄出头等舱的气势。她眼睛闭紧了,不知是真睡还是假睡。今天她只清浅扑了粉底,眼角有细细纹路。她说话时比较讨厌,安静的时候倒像另一个人,陈亦奇总觉得,不张牙舞爪时的她更像真实的她。

陈亦奇突然想起什么,问,那秃猫呢?她眼睛不睁,说,扔了。

什么?话一问出口,陈亦奇就知道自己又上了当。

她说,真露,它叫真露。我寄养了,单独房间,可贵了,你看。

她从手里翻找出个猫舍摄像头的画面,那光屁股猫,不,真露,正抱着自己睡觉。

陈亦奇看了看,后悔问这个,怕自己真的关心猫来。

她则打开话匣子了。

我第一次出国哦。据说这样,很容易被扣住,尤其我这年纪,是阿姆尼,看起来很会做韩餐做辣白菜。韩国男人不尊重女性的,生了孩子的女人都叫阿姆尼。男人们也不干家务,只让阿姆尼们又擦地又做饭又腌辣白菜。

韩剧你看过哪部?所以我可能会被出入境的人以为要去那边工作,万一被抓进了小黑屋,你记得救我。

你不知道吗?很多人都这样的,办个护照,反正免签,就是为了过来打黑工,活儿不累,还挣得多。可以帮当地人摘橘子,在烤肉店洗菜,洗碗,做紫菜包饭。不过我竟然觉得不错,多简单。但如果有这种情况，你还是要救我，就说我是你妈。

我这个人就是这样的，大事儿上幸运，小事儿上总是很容易别扭。

她念叨着，终于睡着了，她睡着前，陈亦奇也睡着了。太困。起飞前，他给女朋友发了微信说，我出差两天，回来再找你。直到被要求开启飞行模式前，她也没有回。陈亦奇心中怅然若失，又觉得轻松，又为这个轻松愧疚了下，继而想起大学刚毕业没有恋爱时的日子，行程从来无须报备，人想去哪里就去哪里。继而又突然意识到，自己其实也很久没有跟女友报备过了。他们交流仅限具体事物，需要他帮忙买什么回家之类。有时他不加班早点回去在家待着，她开门进来时还会吓一跳。人住一起后，联系陡然变少，说话也是，总之是比朋友说话少。

飞机猛烈颠簸了几下，陈亦奇猛地醒来。机上广播迅速响起，说现在正穿过不稳定气流。他坐稳了，手按紧扶手，深呼吸一口，又有了孩子般的模样。

宋春风看着他，问他害怕了？你怕死吗？我不怕。她自问自答。

飞机似乎又直坠了几十米，陈亦奇面色惨白闭紧嘴巴，防止心脏跳出来。宋春风轻拍他的肩，声音温柔说，别怕，有我在呢。

陈亦奇没有理会她的安慰。

人一个人才会害怕，身边有个认识的人，就不会觉得害怕了。她说。最可怕的是，身边一个人都没有啊。她突然有点儿戚戚然，讲话变得低沉，有文学性。

人熟悉除了距离上不断接近，也因为交换了爱和恐惧，俩事都无法隐藏。颠簸里，陈亦奇适度（自认为的，其实非常慌张）展现了他的恐惧，她则简单讲了讲自己经历过的死亡。

倒叙，没煽情，不带情绪，只讲事实。死亡被她不带褒贬地堆叠出来，反倒不冰冷了，倒像爱多一些。陈亦奇本不想听，但这故事太重了，所以不好拒绝。到后来也一直不敢看她，怕露出不合适的神色，不知到底该敬佩，还是怜悯，于是只好装睡。

这么看来自己确实如她所说，像一张白纸，没经历过亲人死亡的人生，就是幸运的，还算是什么都没有画。她不一样，她都画完一面了，现在正翻过来一面重画。

不过,她说,有好多那一面的东西透过来,透过来了。她叹口气,似乎谅解了一切。你又没睡着。她料事如神。但我现在什么都不怕了,我要让别人怕我。她对自己做了结案陈词。

后来飞机稳定了,陈亦奇松了一口气。怕她继续说下去,但她没有,她看向窗外,机翼外边,是白色的大朵的云,她最后说了句,天上其实什么都没有。

余光里,另一通道的宋春风的护照被咔嗒盖了戳,她没被当成阿姆尼也没被拉进小黑屋,陈亦奇一时竟不知道是喜是忧。

出租车上,她俨然忘记刚才在飞机上说过的话,丧失了文学性。车窗被她打开,干燥的大风吹进来,济州岛似乎要更早进入春天。不知道是紫外线的缘故还是什么,出租车司机大叔看起来脸色铁青,态度比脸色还差,看了一眼陈亦奇给他手机展示的地址——赌场,哀其不幸般叹了口气转身愤然将车发动,下飞机就去赌场! 他就差骂一声玩物丧志了。

现在他在大声用蹩脚的中文呵斥宋春风说:冷。

关床（窗），关床（窗）。

这让陈亦奇觉得不舒服，干吗那么凶的？宋春风却没发作，听话地将车窗关了。

她脸几乎贴在车窗边上，沿途还没看到海，外边什么都没有，是普通北方城市冬日图景。她叨咕着，没特色没看到海鸥啊也没看到海啊，咋跟我们市似的，破破烂烂，炸过一样。

陈亦奇觉得难堪，但也同意她的概括。

岛上的城市显得旧而破败，过时感均匀涂抹了街道、楼体、公共设施，一概老态龙钟，像一开始没想好，后边被迫开始东一榔头西一棒槌胡乱建设起来，天际线乱得出奇。烂尾楼矗立着点缀其间，曾有的辉煌和突然的衰落不言自明。云朵、蓝天和阳光倒是毫无偏狭，仍是白的蓝的亮的，不敷衍，不垂头丧气，是这岛上仅存的活力。

旅行让人快乐，确切地说，旅行可看作短暂的迁徙，毕竟迁徙才是人类的本性。多久没有好好旅行了？陈亦奇想起女朋友的那组问题：你在忙什么？要忙到什么时候？你是真的没时间还是不爱旅行本身？上一次他们一起旅行还是去泰国，匆匆的，来不及晒黑。那是四年之前。再之前四年，是他独自去日本，去京都、奈良、名古屋。跟团，快速且高效。那是恋爱之前。照片为证，里头的他俯身看着一头鹿，人和鹿都腮帮子鼓着，不知咀嚼着什么，他忘了，或许是鹿饼。但是谁给他拍的这张照片，他竟全然忘了，按道理他是一个人的。新年日本之行被地震毁了，不算旅行。这次出来，竟然是和身边的这个奇怪女人，竟然是因为曹志朋这个奇怪的原因，陈亦奇心中滋味难以描述。

司机大概是听懂了宋春风的吐槽，被激发了残存的爱国之心。说，你们来得不好，淡季。风大。什么都没有。夏天好。海好。冬天不好。他说得费劲，但也说得明白。

车停下来，机场到赌场，只需八分钟。

现在俩人，已经站在casino的楼下。看来它与旁边的五星级酒店关系相当亲密，共用一个车场，共享大堂，极容易让人误入（或者就是故意的）。怪的是明明现场除了呼呼大风，半个人影都没有，音乐声却不怕浪费似的在这空场里鼓噪着,像镇上正大力召集路人进店看一看的两元店。

选曲也很复古,是中国人耳熟能详的(没准儿这也是故意的),带针对性的,至少现在这首是李贞贤,那竖起小指唱歌的。宋春风伴着节奏做这个动作,让他觉得她和他并没差出年代。进不进去都要进去了,这音乐和大风下边,可站不住人。

保安漠然看了他俩的护照,没因为这里是赌场就显得更热情。俩人得以进入。白天的赌场像卸了妆,没精打采的。台子只开了一半,闲着的男荷官目光追随着他俩,翘首以待,都是典型的韩国人长相,细眉细眼,白白净净,或者都化了浓妆。

确实是淡季,赌场里只有零散的游客,老虎机们哗哗作响,有故意热闹的意味。宋春风四下观望,嘴也一刻没停。大概意思是赌场虽然24小时开门,但职业赌徒这时间指定都在睡觉,我们来也是扑空,不如先去入住,好好洗个澡,总好过现在拉着箱子来赌场,咱们比职业赌徒还像赌徒。

大厅不小,但因为没几个人,算是一览无余,人里自然没有曹志朋。陈亦奇不甘心，到账房那里，捏着那张卡问里边的服务人员，用英文问，你见过这个人吗？

对方摇头，不知是听不懂还是没见过。

宋春风从后边插进来，大声问，你见过他没？用的中文。见陈亦奇看她，她很自信，说，她们都能听得懂，都会中文。

那人支支吾吾，说话带口音，果真用中文说，这我不能说。

陈亦奇说，他们不会说，又说是客户隐私什么的。

宋春风还在坚持，说，突然找不到了，好惨的。她捂住胸口，指着陈亦奇。

陈亦奇说喂！脸涨红了，像确有其事。

那女的刚才很迷惑，看了陈亦奇的脸，突然心领神会起来，仔细看了卡上曹志朋的照片，还是摇头。

陈亦奇转身就走，宋春风哈哈笑着追出来说，你这个人怎么这么不识逗？一点意思都没有！然后伸手跟他说，借我五万，韩元。

陈亦奇看着她问，干吗？

她理直气壮，体验！体验！不体验你怎么知道赌徒是怎么想的？你刚不是在机场换钱了吗？

宋春风人已扑倒在那老虎机机身上，活脱脱一个女赌徒，说，咱们俩就一人五万，输光为止。

五万韩元折合人民币两百六，说多不多，说少不少。陈亦奇没体验到当赌徒的乐趣，他那台老虎机嘎嘎怪笑着，不到十分钟就将他的钱据为己有。

宋春风所在的那台老虎机没怪笑，不仅没怪笑，还一直闪烁着，金币哗啦啦不断落下，发出庆祝之音。屏幕上十几条龙交替登场，已然为她所用。

宋春风现在已不是宋春风，是大爪子下边踩着金币和珍宝的史矛革。陈亦奇看她也没什么技巧，只是怒目圆睁，口中念念有词，不断用手拍那投注键罢了。可幸运总在她这里，她的龙们相当听话。

但见她屏住呼吸，一次又一次认真拍下，配合喊一声，给我来！那屏幕上便跃出一条金龙，姿态伸展，钟声大噪后，音乐突然收住节奏，变为密集鼓点，有山雨欲来质感，更引人期待接下来会发生什么。

果然"唰"的一声，音乐、灯光、机身上的各个能亮的部件全都亮起，那龙发出一声龙吟，身体直冲云天，整个屏幕开始震动，金币龙卷风般冲屏而出，她押注的部分此刻正被机器翻倍再押，连续十三次。十三条龙齐齐出动，向女王宋春风道贺。嘎嘎怪笑的现在是她了，比龙还声音大。她的钱，已从五万上涨为三十万，赚的钱立刻补上了她的投入，水位不合常理地涨高。

看陈亦奇过来观战，宋春风更为得意，现在已经五指张开，用手心拍那投注键了。十三次后，她再奋力一按，喊了声:来来来! 龙又出现，站在闪电之中，这次竟按出个重复投注二十一次。

这老虎机真爱她!

屏幕内，龙们俨然都不会了，动画变为无差别的普天同庆，龙们金币们红绸带们一通乱舞，音乐已变为喧天锣鼓，春节般的，相当喜庆。

其他台子的赌徒被这响动吸引，都知道这厅内有台老虎机爆了，纷纷看过来。宋春风忘形大笑，任谁都是，赚钱使人快乐，不劳而获的那些则让快乐加倍。那老虎机真是慷慨，金币如瀑布般流出。她现在是坐拥五十万变成驭龙者，整个人生出王者之风，不怒而威。她停下来，那些龙便窝在屏幕内等她，原本尖牙利爪，现在却低须颔首，只待她一声号令，便将那云啊雨啊全都踏为金币才算罢休。

宋春风这时突然收手了，叫来服务员，还是只说中文，意思是我要将钱取出来，说了三遍，韩国女孩竟理解了，还附赠了笑容。她俯身按了一个键，老虎机吐出一串凭条，她摘下来给她，又指账房的方向，意思是去那里，可领现金。

五十二万！宋春风兴奋地叫了一声说，我可算是带着钱出赌场的女人了，万中无一。看来宋春风是读过书的，只是说话老在过于粗俗和过于文学间横跳，让人捉摸不透。

陈亦奇陪她到账房那里，她哼着歌，苦歌现在变甜了——自古多余恨的是我，千金换一笑的是我，是是非非恩恩怨怨都是我！都是我！简直像一种自夸。现在拽着俩拉杆箱的陈亦奇更像她的随从了，她的貂皮显得更为气派，像真的了。

原来卡是这么办的，看来他赢过钱，但后来还是输了。没做成带钱离开的男人。等卡的过程里，宋春风慨叹道，颇为感同身受。毕竟不管金额多少，她算全程体验了曹志朋从赢到输到杀红眼的全过程。嗯，这是赌徒们的必然命运。

宋春风拿到了扣除手续费后的现金，不到五十万，一张和曹志朋同样的卡。正面金色，印有天赏会字样，背面灰色，有宋春风的照片。她笑得灿烂，伸手比了"耶"。

留作纪念，她说。又抽了五万给陈亦奇，说，还你。又拿出五万给他，说，你的那个我给你补上了。

陈亦奇说不用，她已经转身走了，然后说，走。

陈亦奇问去哪里？

你跟着我就是了，现在的宋春风看起来自信爆棚。

陈亦奇只得跟上，脖子还没好利落，显得智力也一般，今天运气也不咋好。反正，唉，从里到外，这个男人，啥也不是。

门内左边是狭长的通道，通往员工的更衣室。右边是消防楼梯，直通二楼。她就这么在楼梯上坐下，数着钱,嘴里叼着烟,造型到状态都很……张狂。陈亦奇不禁撇嘴,不过才赢了五十万,折合人民币两千多,怎么人就嘚瑟成了这样了?

她刚拉着他左兜右转的,到赌场的角落,钻进了楼梯间旁写着"staff only"的小门。宋春风似乎看准了陈亦奇做不得丝毫坏事,刻意要用违反各种规则给他脱敏。

她说,人要想快乐,要先学会这三个字:不在乎。别人不让干的我们偏要干!

现在她正在"严禁吸烟"的警示牌下吸烟,一口又一口,毫不心虚,说是专门抽烟也不是,说是等人也不像。陈亦奇问来这干吗,别耽误时间。宋春风不理,只顾看手机,稳坐钓鱼台。

烟抽到第二根时,防火门被推开了,一个中年男子打着哈欠出来,穿着保洁服,手里捏着个手机。宋春风把烟头放地上,示意陈亦奇踩灭。自己一个箭步冲了过去,直接揪住了那男人的脖领子,将他抵在墙上。

那人吓了一跳,看清楚来的是个女人,用韩语嘀咕了句什么。宋春风厉声说，说中国话。那人声音颤抖，问，你想干吗？宋春风眼睛瞪得比刚才龙还大。干吗？你摊上大事儿了你知道吗？对方说我咋了。宋春风说，我们从中国过来，找一个涉案的人，你老老实实交代这个人你见没见过。陈警官，卡给我。

陈亦奇意识到自己现在是陈警官，回过神来，从兜里掏出曹志朋那卡，宋春风将卡撑到男人的眼前。男人叫了一声说，姐，太近了。看不清。宋春风说哦，向后挪了手的位置。见没见过？老实说！男人仔细看了看，琢磨了下，说，这好像是"转大运"啊……

啥意思？宋春风继续没好气。男人说，我们都叫他"转大运"，是因为他输钱了就喊"转大运转大运"的。他每天晚上十一点半去，十二点半走，只玩一个小时，说这样可以用完当天和第二天的运气。他每次用固定的钱，一千万韩币，不管输赢，一小时后准走。最近这两天没注意他来没来，因为我是白班。

宋春风松开了他的脖领子，说，看到他立刻给我打电话。这个算电话费。她冲着陈亦奇伸出手，手指抖了抖。陈亦奇只好把刚拿到的那五万给她，她倒是

153

慷慨。对方收到五万小费，点头哈腰，忘了刚被这女的掐过脖子，竟说出感谢来，还乖乖记下了宋春风的电话。

赌场外，音乐仍鼓噪着。

我说了我能帮你，陈警官。宋春风回头看陈亦奇，人笑得跟外边的阳光似的。她找到了一种新的人生勉励，人发疯后，路果然越走越宽——人们都当你本就如此，不与你计较不说，还纷纷给你让路。

陈亦奇有点服气，到现在终于仔细看清了宋春风的长相，是那种不争不抢的，单单站在那里就会让人觉得舒适那种脸，不高不矮不胖不瘦，像本该长得就如此般，一切流畅自然。

阳光下，宋春风看陈亦奇定睛看她，手搭凉棚问他想啥呢。

陈亦奇咳嗽一声，问她是怎么知道那男子是中国人的，宋春风说，我刚才赢钱时大喊了句"奥利给"，只有他立刻有反应，他不仅是中国人还老上中国网！我是故意说的，这词我平时可不用。网络用语太脏了，你知道吗？"温暖"他们说"尸体暖暖的"，就是年轻，百无禁忌。她说，饿死了，咱们吃炸酱面去吧。

这"咱们"现在合乎情理了，她说得更顺口，因为她兑现了承诺，她于他真的有用，帮了大忙。

你请我！宋春风下了命令。陈亦奇来不及反应，宋春风已冲到前边路边的炸酱面店里去了。说是刚才下车时就看到了，那时还有人排队，想来必定好吃。你怎么知道的……陈亦奇问了一半，放弃了，歪着脑袋眯着眼屁颠屁颠跟着进了店。觉得宋春风有超过他的地方，自己看待世界的角度需要重新调整，他怎么就没发现刚才有保洁员呢？这家炸酱面馆刚才开着吗？还有很多人排队？

下午两点多，陈亦奇躺在济州岛君悦酒店——旁的——小旅馆的床上，给女朋友发了报平安的微信。想了想，又补充说，有空我们一起再来吧，济州岛还是挺好吃的。说的是实情，他尽力让这些话不像没话找话，不像一种讨好。她当然还是没回。

不知为何，刚才和宋春风吃炸酱面时，陈亦奇内心突然涌起一种歉疚。女朋友应该很爱那款配炸酱面的萝卜泡菜。她偏爱脆，爱能在嘴里发出声响的一切食物。她爱的恰恰是陈亦奇怕的，总觉得那些炸的煎的腌的如刀枪剑戟般，吃进去会伤到上膛下颚口腔各处。也因此，女友便更喜欢当着他大嚼妙脆角、酸黄瓜、炸鸡外的脆皮，在他耳边嘎嘣嘎嘣做ASMR（autonomous sensory meridian response ASMR 自发性直觉经络反应），还开玩笑说，完了，咱们吃不到一起，怎么能过到一块儿呢？

陈亦奇爱她那时的娇憨和有恃无恐，身体呈抗拒状，又觉得自己总是做不到像她那么放松，身体柔软自然。但她慢慢更像他了，那些明知故犯不断减少，爱意也渐渐不那么明显。

后来，女朋友给他读《小王子》，像给自己找理由，一种给彼此的心理暗示，也像一种劝诫——我爱你只是因为自己在你身上花费了更多时间。归根结底，人总是要对方以自己希望的方式对待自己，一时办不到的，就迂回解决。你爱什么人，那人身上必定有你想拥有的东西，包括但不限于品质、品格、皮相、鼻子、眼睛。

女朋友说，潜意识里自己可能也是个如他这般冷淡的人，所以求仁得仁，希望你内心也像我藏着火热。这话说的，沁出哲理了，果然是委屈让人充满智慧。

陈亦奇不敢肯定自己是否藏着火热，但火热该是有过的，不然不可能跟她在一起。他该是温柔的、谦逊的、幽默的、可以不断提供能量的，不该是现在这样冷漠的、被动的、佯装不知情的，一旦对峙就看向别处。

变化最伤人了。

女友说完，一声叹息。

陈亦奇翻个身醒了，床发出一声惨叫。阳光透过窗照进来，灰尘在里头缓慢起舞，一种寂寥之感。门被"当当当"敲响，能是谁？岛上的活力第一人宋春风呗。她说，反正晚上才有正经事，你又睡不着，咱们借机去趟小豆岛吧来都来了。下午船还有好几班呢。

小豆岛？陈亦奇虽然不大乐意，但还是起了身。

有海的城市是幸运的。当地人可能不这么认为，人跟本来喜欢的相处太久，只会觉得深受其苦。陈亦奇和宋春风打车去了码头，买了票，签了知情书（内容大概是何时返回),被韩国中年船夫们大声用蹩脚中文吆喝着赶到游船里去:不要乱跑,小心地滑!他们不断靠岸离岸,载过一船又一船对海、海鸥、天气、大自然反应夸张的游客(一旦成为游客,人似乎总变得傻一些),不得不更关注那些傻一点的和爱闯祸的,耐心早已消耗殆尽。

但好在有大海,大海让人原谅一切。

冬日的海浪更白更干净,浪下的海水则浓郁深邃,卷起时有琉璃般的质地。甲板上,风猎猎吹着,能瞬间夺走人的温度,但还有很多人在拍照,即便强光下看不大清楚手机,也不大能睁开眼睛。宋春风捅一下陈亦奇,递给他自己手机让他帮忙拍照,海鸥正悬停在她头顶,逆风滑翔,然后一个俯冲熟练地叼走她手上的薯片,她发出尖叫。

游客们总是这样,海鸥们倒见怪不怪,一声不吭。

陈亦奇担心海鸥吃太多垃圾食品,举起的那块薯片较小,海鸥失了分寸,一大口下去,陈亦奇手指被钳了下,惨叫的却是那海鸥,为了找回面子,它在空中一个趔趄,再飞一圈,回来时候已忘了刚才的事。

宋春风哈哈大笑，觉得当只海鸥挺好的，想回身跟陈亦奇说说，竟已找不到他。宋春风嘟囔一句，这人真是没劲，现在倒也不用再怕他丢下自己，他们现在是一个整体了，宋春风心里有数，为此感到欣慰。

她在船上四处转转，假貂皮大衣显现了价值，风怎么都吹不透。她好奇地向船下看，刚才看指示牌说航行时间大概四十分钟。船底海浪被风摆弄，看来极为凶猛。游船管理人员突然冲她吹响哨子，大声喊什么。原来是她将身体探出去太多了，怕她跌下去。宋春风翻白眼说我可舍不得死，我刚赢过钱呢！

船舱内冲出一股热气，宋春风跌跌撞撞进来，看见船舱地板上，挤挤挨挨坐满了人，姿态如鹌鹑，没睡的都看向她，屁股却懒得挪动一下。

她困难地穿过人群，四下寻找陈亦奇。地板上有地暖，热乎乎的，倒很适合这帮又懒又不懂事用膝盖当屁股的韩国人。陈亦奇不在，宋春风再绕一圈，放弃了寻找，里边太热，要闷出一身汗来。回到甲板上，罡风已经吹散了人群，海鸥们也不知去向。

船到中途海水变深，颜色化为一团翠玉，冰冰凉凉的。宋春风看见一条铁楼梯转着圈上去,通向游船的最上层,就拾级而上,一探究竟。

果然,视野瞬间变得开阔,海浪声人声全听不见了,只剩下呼呼的风声。接着她看到船头方向站定的陈亦奇,现在留给她一个侧影,不知在想什么,神色竟有几分坚毅,倒不显得羸弱了。强烈阳光下,大风将他头发抽到空中狂舞,他的眉骨得以露出,在眼皮上留下阴影。单眼皮的缘故,又在避光,他眼睛显得更长更细,要插到两鬓里去。只是那眉间川字还在,略不完美。

咔嚓。她帮他拍了一张照片。

躲着我啊? 她逆着风大喊。

陈亦奇被惊动了,回过头来看她,也不出乎意料。

她眼睛眯缝着,看照片,再看着他,不满意,强行调动他说,笑一下。

陈亦奇笑容欠奉太久,一时做出来完整的相当困难。宋春风为带动他,自己万里无云地笑了一下。

怎么像你被骗了似的? 被骗的是我啊。她还回call了自己的剧情。

陈亦奇抽动五官,配合着再拍一张。宋春风看了看,摇头说,你头发都比你本人高兴。

然后把手机里的照片给他看,又多管闲事,用手把他眉头那里放大了,她喊,你这眉头,为啥老有个川字呀?她声音要与风声争斗,于是分不出情绪了,像一种要求。她在陈亦奇身边站好,像对他说,又像是对大海说,这世界真美好啊。咔嚓,顺带自拍了一张两人合影。

然后她双手攥紧那栏杆,昂首挺胸,大声喊了一声:啊。那声音扶摇而上,与路过的海鸥擦肩而过,翻了个身,到那云里去了。

迷走神经在这,这里,或者以下。宋春风一只手对着陈亦奇胸部比画,说某本心理学专著是这样写的,她总记得。痛苦的人是佝偻的,声音低且闷,快乐的人则是舒展的,声音高亢且悠长。所以呼喊能让人高兴。她按住他的胸,对他说喊一声。

他迟疑了下,觉得太做作,文艺电影里总这么干。可现在不照做断然不会脱身,四顾之后"啊"了一声。

她不满意,又腰摇头,教练一般。她亲身示范,啊。她这声没有保留。

然后对他说，再来。

陈亦奇只得再喊一声，觉得内心愤懑清减了不少。

宋春风看他，颇为欣慰，说你看，你眉心没川字了。陈亦奇伸出手指摸眉心时，她又突然指着海面说，海豚！他忙转过去寻找，脖子疼了一下。

宋春风朗声大笑，陈亦奇才知受骗。但脖子似乎轻松了，没有了刚才的别扭。

灯塔！她又喊。

这次倒是真的，白色灯塔就在岸边。换参照物看，倒像它在向前疾行。想起宋春风说的，旋转木马，你闭上眼睛坐的话，就不知道前进还是后退。

陈亦奇被风吹着，更清醒了，想着自己此行略显鲁莽，现在只好既来之则安之，在未知面前争取个好态度。船即将靠岸，人们又开始躁动，他们总是如此，来得也急，走得也急，恰如他们的身世命运，像一切只为经过一趟。

陈亦奇逃也似的走下旋转楼梯，怕晚一步就要承认刚才内心对宋春风生出的那几分亲近。这疯疯癫癫闯入他生活的女人，怎么竟似把他内心的抽屉打开了似的？怎么有这么多自己经久未见的零碎被拿到阳光下晾晒了？正想着，数千只椋鸟突然从他们头顶滑过，先在空中组成巨鲸的形状，又鲸落般散去了，再铺展卷曲，化为一条竖直的龙卷风，继而变成画轴横扫过去。它们没有声响，速度极快，明明是个体，却又格外统一，边变幻边向岛的深处飞去。陈亦奇想，人如此看鸟，那定有什么如看鸟类般看着人类吧？不敢再想。

陈亦奇和宋春风本就下来得慢，刚才更是看鸟看得呆了，人落在队尾，被中年船夫吼了几句，加紧步子走下船来。

游客们先是一路纵队，再呈喇叭状散开奔向岛上攻略里的网红拍照点、电动车租赁处和花生冰激凌咖啡店。他俩本无目的，随着人群向前。

陈亦奇大口呼吸，感受岛上的温度，刚才在船上冷，现在却又有点热了。陈亦奇目光投向前方。宋春风用手在空中试探，说，这岛盛产大风。济州岛是海洋性气候，一天三个季节。咱们走哪儿算哪儿，就别坐那闷罐儿一般的环岛汽车了……

好。陈亦奇竟然没有反对，答应得非常自然。然后他问，你和那个陈亦奇到底是怎么回事？

宋春风胸口被什么堵住了，一时上不来气，自己可以跟他讲死死生生，所有经历，甚至痛苦，但唯独这个，讲不出，太难为情。她嗫嚅着说不出半个字，嘴比脚下的步子还慢，只得用了缓兵之计，说，这个得等喝一杯再说。最后一个字还没说完，陈亦奇已经飞身弹射出去，这缓兵之计没成功，倒变成发令枪似的。

陈亦奇拨开前边拍照的男女，很不礼貌，不大像他，又飞身闪过缓慢移动的老头老太太，场面相当惊险，导致他自己都低吼了一声，前边是正帮孩子系鞋带的妈妈，他人已有点儿力不从心。

脚下这路通往海滩，沙路上有怪石，并不好走，何况是跑。

宋春风喊了声喂，紧跟上去，想着他不该此时跑，上船前甩掉她都无所谓，在个岛上跑什么跑？没有智慧！她只恨高跟鞋不大跟脚，跑起来必须靠大腿带动，脚使不上力，样子还滑稽。

陈亦奇来不及回头跟她解释，怕一转脸曹志朋就又闪入人潮再也找不到。是的，得来全不费功夫，他竟然看到了他！在这岛上，也没准儿就是刚才同船的人。现在，他要一鼓作气撂倒他按住他用拳头问候他，他还要对宋春风深深鞠躬致谢，感谢她的机敏聪慧和一路带领。

曹志朋！他想大喊一声，又怕打草惊蛇。前行的队伍被他冲散，发出惊呼。有人听到声音异样，好奇地回头望过来。

陈亦奇目光锁定的那嫌疑人却似没听见一样，继续大步向海滩走着，还哼着歌般的，意气风发，得意扬扬。陈亦奇憋住气，脚下发力。一个游客刚打开相机，扭过身来，准备拍照，镜头正砸在陈亦奇的肩膀上。陈亦奇吃痛，叫了一声，那人相机险些脱手，吓了一跳，要骂出口来，陈亦奇上半身回头说了声对不起，下半身还在往前冲。

此时斜刺里冲过来一辆自行车，不，两辆，不，是一辆双人自行车。待看清时，陈亦奇人已被撞翻在地。那俩驾驶员业已结束尖叫，说着韩语，惊魂未定叉腿跨在自行车上，上不去下不来，无法执行下一步，男的被硌到双腿之间，还来不及发出声音。

陈亦奇一个翻身起来，现在膝盖肩膀手臂各处都疼，一时不知道哪里更疼，他双手向二人和身后队伍张开，忙乱中鞠了个躬，转身一瘸一拐向前追去。

宋春风看着他人翻过栏杆，终于明白他是在追人，并不是甩开自己，大口喘着气骂了声韩语：开赛集（狗崽子）。看韩剧里老有人骂，此刻骂出来才知道应时当令，非常解气。几个当地游客许是听懂了，见她人挺漂亮，穿得古怪，也不大敢笑出声来。

陈亦奇一瘸一拐逼近那人，心脏快跳出胸膛了。曹志朋……！他扑了上去，胳膊揽住对方脖子，全力将他扳倒，压在身下。对方被他猛然摔倒在地，脊柱生生撞在拱起的石头上，位置奇巧，一时无法呼吸，只能嘴巴一张一合，大口吞咽，但什么也吃不到，像条濒死的鱼。陈亦奇看着面前那张非常韩国的脸疑惑，怎么不是曹志朋？世间竟有如此相似之人？是自己看海鸥和椋鸟看花了眼？

那人咳嗽几声，终于换过气来，表情也从惊恐到恼火到愤怒，陈亦奇刚想说什么，已被他一个翻身压倒在地，冲着陈亦奇的下巴就是一拳，陈亦奇的"sorry"刚到喉咙，就被牙齿生生咬出血来。陈亦奇眼冒金星，倒不觉得痛，只是感觉有什么咸咸的东西从嘴里流出来，他本就不会打架（连争执都很少有），刚才确实真当对方是曹志朋，又仗着自己有理，气不打一处来，才能一举扳倒对方。现在完全丧失战斗能力，只得下意识护住自己的头，准备迎接下一拳。

那人骂着：阿西吧（妈的），却突然停下来，手去挡别的。陈亦奇睁眼一看，是一只高跟鞋呼啸而来，生生打在他手臂上。宋春风人也到了，声势吓人，大骂着：开赛集（狗崽子）！那人跪在地上不好发力，头已经被她用另一只高跟鞋凿了几下。韩国曹志朋，不对，世界上另一个曹志朋挣扎着站起身时，宋春风已从包里掏出个什么，开赛集（狗崽子）！同时，她对着男的脸上一顿乱喷。当然，乱喷的代价是男人身下的陈亦奇也没幸免。

两位男士都停了两秒,然后立刻放开了对方,捂住脸哇哇大叫起来。

对,那是一罐防狼喷雾。

6.

是路人帮着报了警，随后来了一男一女两个警察。应该叫救命恩人比较对，他们先从后备厢拿了矿泉水给男人们洗眼睛，又走程序登记现场情况，只是鸡同鸭讲了半天也没搞清楚状况。

宋春风下手公平的程度，一度让警察误以为俩男人是同伙。韩国曹志朋跟警察说韩语，宋春风听不明白，怕有偏袒，对方说一句，她就喊一句，不断用中文坚持立场——是对方先动手的，对方必须负责。

男警察调解无果，不耐烦起来，最后让他三人都上警车去，应该想着一并拉回警局，找个会中文的人问明白再说。

警车后排，宋春风也不管那韩国曹志朋听不听得懂，对他循循善诱说，你有啥事儿不能好好说啊？她此时东北口音更重些，似乎这样便于对方理解。陈亦奇眼睛疼，不想参与任何。

宋春风继续，他只是认错人了而已，你下手这么狠干吗？

陈亦奇眯缝着眼睛看着宋春风，嘴巴微张，要说下手狠还得是你宋春风啊。宋春风看他的脸，扑哧一声笑出声来。陈亦奇怒吼一声，还笑。表情痛苦，牙疼一般。

宋春风更加忍不住笑。现在她左右两边俩男人互为镜像，都头发乱蓬蓬，眼睛都肿得老大，被蜜蜂蛰过般，睁也睁不开，合又合不上。韩国男人不说话，一直抖腿，很是焦躁，似乎对她放在随身包里的手仍心有余悸，怕她又拿出什么法器来。宋春风说，别抖！

男警察拿步话机呜里哇啦跟总部说些什么，听不懂什么意思，应该是觉得麻烦：纠纷不大，但跨国了。韩国男人趁步话机停下的空当，忙着跟警察说一长串韩语。

宋春风捅捅陈亦奇，拿手机给他看，她不知什么时候打开了翻译软件，手机听完翻译完，那男人跟警察说的竟是：我还有事要忙，能不去警局吗？我可以不计较。

我们计较，他不能走！宋春风对着手机说了声，等手机翻成韩语，立刻放出声音给车上的几个韩国人听。

陈亦奇说，算了算了，咱们还有自己的事儿。宋春风说凭什么啊？韩国男人不甘示弱，要夺过她的手机说话，宋春风说别动我东西我跟你说不着。

俩人又要吵起来，车上更加乱作一团，男警察试图用韩语制止这场混乱，无效。然后那女警在副驾驶突然间大喊了一声韩语：阿西吧（妈的）！

车内终于安静下来。

警车刚经过一个漫长的下坡，现在碰上一个红灯，车停下来。那韩国曹志朋突然间拉开车门，跳下车转身就跑。男警察骂了一句，还没来得及反应，宋春风见他跑了，没思考，人直接跟着冲下去了。

陈亦奇人在后排最左侧，蹭出来需要点儿时间，人也钻到右侧门那里去。男警察按开双闪，和女警一左一右紧跟着下了车。

女警大骂了一声，随手要将后车门撞上，没注意那门内正是陈亦奇伸出来准备下车的右小腿，门直接在他迎面骨上一记重击。陈亦奇声音被塞回喉咙里去，捂住小腿什么声音也发不出，眼泪又流出来，眼睛又一阵疼，眼一时间不知道先顾及哪里。

车外是下去那四个各种大喊的声音，只是陈亦奇暂时没有余力好奇。到他终于挪下车睁开眼时，那男人和宋春风已经跑到坡顶的路口那里，后边紧跟着气喘吁吁正在爬坡的两位警察。百多米外，一辆大货车疾驰而来，正鸣笛示意。韩国男人不管不顾，要直冲到马路对面去，宋春风没迟疑，人穿得臃肿，脚下却不慢，也不影响她的姿态灵巧。货车已经极力发出提醒，刹车声尖厉，后边俩警察跟着大喊，像能协助刹车。

危险！陈亦奇终于喊出了声，宋春风你个疯子！！！追什么追？轮得到你吗？而且这有什么可较劲的，本来也是我认错了人。

陈亦奇想起在飞机上想说但没来得及跟她说的话，经历了太多厄运的你，未来会有很多很多好运的，这是老天欠你的。那俩警察停住脚步，喘口粗气，身体一上一下。

大货车没有停下卷着疾风大力鸣着笛骂人似的呼啸而去。

世界都变得安静了。

济州岛的晴天里，铁青色公路蜿蜒向前向上，要上升到云里去了，路上现在一辆车都没有，路基却像着了火，在强光下舞动着热气，似乎有让时空卷曲的能力。韩国男人和宋春风消失在路的顶端，那是坡道的尽头，什么都没有。

陈亦奇和两个警察，现在正拼命向着坡上赶去。然后看到，有雪一样的东西，从路面上缓缓升起来，同时升起来的是男人的怒吼声，和韩国电影里气急败坏的那些如出一辙。

陈亦奇他们终于到了能看到宋春风二人的角度，那男人的羽绒服被宋春风抓烂了，羽绒正借着风势腾空而起。宋春风本想道歉，但画面太好笑了，还是哈哈笑出声来,让这场面的侮辱性变得更强。

男人怒不可遏,挥拳打向她,刚骂出半句阿西吧……宋春风的喷雾还剩不少,正好派上用场,他捂住双眼,人趔趄几步,在羽绒雪里哇哇大叫,重复了刚才的姿态,继而放弃似的,头朝下塞进旁边的沟中去了。

那俩警察到了,又得紧急救援,女警嘴里唠叨着跑回车上拿水。陈亦奇一拐一拐地过来,看翻飞的羽绒里,宋春风不依不饶,要冲上去再补一发。男警察大喊 no! no! no! 张开双臂拦她。陈亦奇终于到了,也跟着上前阻止,情急之下将她整个人抱住了,连说几个好了,好了,好了!宋春风停下手里的动作,突然看向天空,一只手伸出去,接那些小的羽绒,然后冲着他笑了,说了句什么。陈亦奇听懂了,心里说,亏你想得出。连忙松开了双臂,但下意识问了句什么?

宋春风重复了刚才的话,脸上泛起一种光彩,比刚才更开心些,她说的是,下雪了。

事情后来终于弄清了,小警局里掌声雷动。懂中文的警员过来表达了感谢，陈亦奇误打误撞按倒的这位，竟是因故意伤害罪被警方一直通缉的逃犯。他这五年间边打工边逃亡，少说话多干活只收现金不和人深交，一贯低调。哪会想到刚到这岛上工作不到十天，脸都没被识破，后脑勺却被一个中国人识破了，荒谬，他竟因为世界上另一个自己被抓，日后他将用很长的时间不断安慰自己——这都是命运。刚才在现场时他其实一直就在跟警察说算了自己不计较，只是宋春风不依不饶，上警车后，离警局越近他就越紧张，怕一做笔录就身份暴露前功尽弃，于是上演了跳车逃跑这一幕。但他最大的错，是低估了追击她的女人和她手中的喷雾。

我早就看他不是好东西！宋春风说，开赛集（狗崽子）！骂完笑了。警察跟着笑。笑完。她跟警察正色说，你们得送我们回去。她指着陈亦奇的腿。陈亦奇看着她，将她的手指调整了下位置。不是左腿，是右腿。拉我们到码头！她语气坚决，不容置疑。

俩人又回到了今天旅程的起点——码头。路上，宋春风让这警车环岛绕了一周，说来都来了，正好看看,省得坐巴士,也省得自己步行,又不是我们的问题。她绕口令般地说,更像说服自己。

陈亦奇现在看出来了,她不善于胡搅蛮缠,但偏偏要当这样的人,所以每次都在勉力为之,像做个恶人坏人讨厌的人是她的爱好和追求,要不断通过练习才能不断提高精进。

岛上委实没什么,返程的船也没有来,好在海常看常新,俩人现在无事可做,就在沙滩的强光下看着大海发呆。

他到底长啥样?宋春风问。陈亦奇意识到她问的是曹志朋,又觉得形容起来过于费力,只得慢吞吞给她从手机里翻出一张照片,是他和曹志朋前不久在某次活动上拍的。曹志朋总笑呵呵的,胖得结实匀称,脸上肉将眼睛快挤没了,头发又梳得油亮,加上习惯当老板,破坏了他原有的质朴。宋春风把照片掰大了,歪头看看,说,和刚才那个逃犯也不像啊,不过真像个韩剧里的坏人,你真是急火攻心了。

是后脑勺很像啦……陈亦奇本想讲讲他俩后脑勺和走路姿势多么相似,觉得太难,最后还是放弃了。

下午四点多,太阳还很大,风不知道什么时候不刮了,海滩和岛都变得温柔,有几只流浪狗在海滩上刨东西,挺忙的样子,伸出红舌头。

太阳真好,一点都不偏心,对好人坏人,美的丑的都一视同仁,不管是流浪狗还是家养的,它们都有太阳。宋春风眯着眼睛,不知为什么发出这样的感慨。

大海有种不真实的蓝,让人产生幻觉,误以为是在休假的时间,什么都不用想,就这样听着海浪声。陈亦奇警醒自己一下,强行找了话题。开赛集(狗崽子)是啥意思? 陈亦奇问她。

狗崽子。宋春风指着那些狗回答。跟我学! 开赛集!

开赛集! 陈亦奇不得不跟着说了一句。

开赛集! 要狠一点,宋春风说,咬住了。开赛集! 宋春风笑。

你怎么还会说韩文呢?

我看韩剧啊。你不看?

陈亦奇想了想说,好像只看过《来自星星的你》,那都好早了。宋春风笑,说,那就算都看过了,那个戏里可是什么元素都有。其实我挺希望有外星人的，这样好像人反而更有希望。不然人，太没意义了。像我们看那些鸟一样。她确实是这么想的，希望是个好东西，让人可以一直往下活，活下去。

陈亦奇看着她，原来她想得和自己一样。她突然有点儿忧伤，谈太阳还有外星人的时候。陈亦奇感觉到了，她一旦完成牙尖嘴利的任务之后，就会回到只有她自己的时空中去，变得沉静忧愁起来。

对了，那个陈亦奇的事儿，你还没告诉我。陈亦奇想了想，决定再问一遍。

话音刚落，几只海鸥俯冲下去，从狗嘴前叼走了什么，狗们见胜利果实被掠夺，吠叫着跳起反击。海鸥有空中优势，迅速四散逃开，有一只慌不择路，怪叫一声凌空飞来，险些撞到陈亦奇脸上。他想闪身躲过，左脚被沙子绊了一下，右脚又不能发力，腿上一软，整个人一屁股坐回到了沙滩上。宋春风眼看着那海鸥手榴弹般冲过来，又见他摔了个屁股蹲。下意识去拉他。陈亦奇觉得很糗，当然想立刻站起来，救命稻草般抓住宋春风的手猛力一拉。宋春风重心不稳，俩人都倒在了沙滩上。

宋春风笑出声来。

她不笑还好,一笑两人笑声便开始不可收拾,连之前不可笑无奈的事情也一并打包从头笑起了。如被同时点了笑穴,他们彼此呼应,笑便有了更多燃料。从他们胸口到嘴巴汩汩涌出,想停也停不住。俩人鼻涕眼泪横飞,陈亦奇口水倒灌入喉,连声咳嗽起来,胸腔震动,身上脸上本就很疼的各处都疼起来,笑声却还是止不住。

大太阳底下,俩人浑身瘫软,放弃了般,半坐半躺在沙滩上等着自己恢复正常。

狗和海鸥们被笑声弄蒙了,停下战斗,认真看过来。宋春风笑着骂,你们看什么看?冲它们扬了一把沙子。她说,沙滩上不凉欸。狗很迷惑,站定了望着他们,人类,长得难看不说,还总是大惊小怪。

终于能不笑了,俩人各自站起身,眼睛没再看向对方。亲近感是在这个时候出现的。他们去码头,排队登船,进船舱,坐在温暖的木地板上,避免再说话。来程那些鹌鹑般在地板上不舍得挪动一下的韩国人,宋春风现在不仅和他们一样，还深度理解了他们。被海风浸透的屁股、腿和身体需要热地板，脊柱需要它们摊平，顺带将骨节里的酸胀疼痛都烤出来。

回程不似来时人那么多，船舱里有的是空间。陈亦奇眼见宋春风在自己面前把身体打开，平铺在地板上，发出悠长叹息，令人难为情。

她才不管，不光不管他，也不管全世界，反正让别人难受是她宋春风现在的每日任务。

宋春风闭着眼睛完成了全部伸展。睁开眼，伸手在旁边的地板上拍拍，意思让他躺下。见他不动，就睁大眼睛再拍。陈亦奇唯恐她真的起身出手相助，只得试着先侧躺下去，怕她突然将他按倒之类。她自然不满足，嘴里发出半声啧（现在只用半声了）。俩人当众辩论，吃亏的总是怕丢脸的那个吧。

陈亦奇见左右无人注意，忍痛把自己撂倒了。

现在人也贴在地板上，感受当然很好。地板是暖的，温柔似只巨象，稳稳将他托起，船身上下微微晃动着，躺下更为明显，人如置身摇篮一般。他长久未被善待的腰椎颈椎得以舒展，喉咙间因过于舒适发出羞耻的叹息声。如此失仪的行为陈亦奇之前断然不会做，没这个机会，这个时间不上班出来晃荡更是想都不敢想。

闭上眼睛后，陈亦奇似乎嗅到某种味道，仔细辨别，竟和母亲身上的别无二致。人被拉回到很久之前，八岁或者九岁的暑假。

母亲某天总会大张旗鼓，先用拖布将客厅的水泥地面拖几遍，直到亮可鉴人，再铺上凉席。被子早拆开了，被里被面都浆洗过，带着皂粉的清香，棉花们被重新弹过，现在要重絮一遍，再一针一线缝好。一年的故事和时间因此要从头说起了。

自己如现在般平躺着，刚刚识字，人只在书上见过大海，却觉得被子就是海浪，凉凉的，将其包裹，慢慢卷动，永无止息。母亲在被子另一边，他在这一边睡着。嗅到的就是这味道。这味道越来越近时，就能听见母亲用针在被里子上画线，像画匠打出底稿，以防缝歪，她是哼着歌和那些细密针脚一起来的，也不着急，像这不是劳作，是玩耍。

她会喊他一句：嘀嘀嘀嘀，让路让路。他有时装睡，母亲的针便毫不留情越来越近，他抵不住害怕，笑着滚到一边去。

现在，他看着母亲竟在这甲板上缝被子，有些惊讶。你怎么也在呢？妈？他问。

可她不说话，微笑着，专注在被子上。

她本是个容易快乐的人，现在变得僵硬、愁苦、容易叹气，显得忧心忡忡，像眼前一切随时要消失不见一般。那美好的来自她身上的味道终也消失了，在母亲给了能给他的一切之后。衰老如期而至，呼吸、行动、咀嚼、思考，别说缝被子，现在坐下来都要耗时良久。每个人都难以避免，不过绝望之处和略有安慰之处都在于此。原来不是日子越来越艰难，是母亲越来越艰难。时间多快呢？怎么像从儿时客厅的被面上打了个滚，就凭空掉落在此时这船舱地板上了？

我突然想起我妈来了。陈亦奇仰面躺着，说。她原本是个容易快乐的人，后来她变了，我还有点怪她。

宋春风说，我只见过一个快乐的人。声音却空荡荡的，更奇怪的是，她竟是悬在空中的，与他对应，人也平躺着，像船舱突然被对折起来。

宋春风接着说，那人是我妹妹，大部分时候她都快乐，和鸟和书和云说话。她似乎没有难处，我说她难处都留给别人，所以她没法理解别人的难处。她的人生像自己出了题，但自己也不会，就不在意别人能不能解开，要不要解开。人生嘛，觉得不重要才是快乐的源泉，但凡你有认为很重要的人和事情，你就不会真快乐。

年轻的母亲突然插嘴说，嘀嘀嘀嘀，让路让路。

陈亦奇突然醒来，没来得及和那个暑假里的母亲说再见。人像睡了很久，从那时的暑假睡到这个冬天。他缓了一缓，意识到刚才的话宋春风其实没说，自己只是做了个短暂的梦。

他慢慢坐起，有什么在闪他的眼睛，让他正好有机会擦掉眼角的泪。往窗外望去，夕阳很好，整幅海面变得金光闪闪，浪花将这些金色摇匀，去点燃天边的晚霞，它们不依不饶地烧上天空去，将蓝色烫成红色、金色、深蓝色、棕色、褐色。

明天会是个好天气，他扒在舷窗这里看得出神，心想，母亲其实也该来看看大海的。他突然想叫宋春风起来看看，回头时发现她人已经在另一个舷窗那里，脸被笼罩在金色里，眼睛睁得大大的，像个孩子。她又回到自己的沉静和忧伤里去了。陈亦奇嗅了嗅，不知道刚才那味道是不是来自她，但并不确信。

海水的咸腥味儿开始浓起来，船鸣笛靠岸了，中年船夫们难听的声音再度响起。世界恢复了正常，大家都有更重要的事情要做。

入夜，霓虹灯们次第亮起，这城市描眉画眼过了一般，显得不旧了。

陈亦奇人走在前边，一瘸一拐，身残志坚的样子。宋春风跟在他身后，看着他慢慢扭动脖子，像百无聊赖，实则是知道她在后边，才用这方式纾解下紧张，像狗时常要在主人面前抖抖毛换个气氛。

宋春风注意到了他在船舱里擦泪，但没问他，谁没有伤心事呢？他眼睛还半肿着，半睁半闭，上唇微微翘起，像个挨了揍的孩子，擦眼泪时就更像些。

宋春风心里涌起类似怜爱的东西，说出口就变成了别的。喂，带你去吃烤肉吧。

陈亦奇缓缓回身看去，认真看她，她很恳切，指着他眼睛说，误伤了你，算补偿嘛，时间还有，那餐厅也不远。她罗列出很多条件，等他的反应，像料定他会拒绝似的。但是他回过头来，说，不然呢？接着露出白牙笑了，像刚挨完揍的小孩现在得到指令可以去玩一个小时游戏那样的表情，原来他是会开心的。

天空亮了一些，海上升起一轮圆月亮。

陈亦奇没让宋春风喝酒，说办正事要紧，意思不言自明，晚上还是要和他一起去赌场抓曹志朋的，几乎算是一种邀请。到了真露的故乡却连真露都不让碰，宋春风当然有点意见，但又为陈亦奇对她的确认感到欣喜。

虽然她偶尔会帮倒忙，但陈亦奇必须承认，在这段共同作战的时间里，宋春风比他运气好，经验足，出手狠，更多时候（几乎所有时候）比他有用。其实何止战斗，吃饭也是。

餐厅是宋春风选的，叫作什么"济州岛农作物协会"的。左边类似超市，可以选肉买肉，右边则是餐厅，炭火蘸料配菜一应俱全，顾客带着买好的肉过去自助烤就行。

黑毛猪是济州岛特色,他俩只买了一块,还是觉得过大了,边烤边惊叹,那猪的黑毛根根分明、又粗又壮、直抵到肉中,难以去除,别说吃了,看着都难受,俩人只得小心绕开。

店员过来加炭,看不下去了,鼓励他们直接吞下去,俩人恕难从命。不过牛肉都鲜嫩可口,油脂丰满,配上生菜、青椒、苏子叶和辣酱,极易入口。

俩人吃得不亦乐乎,一时忘了此行目的。很像……团建。这个念头在陈亦奇脑中一闪而过,立刻被他赶走。他和宋春风素不相识,现在只是阴差阳错搭上了伴,断然不是团队。

他拍了烤肉的照片,发给女朋友,没有多说什么,分享的意思是想念,相信她是懂的(只是自己很少这么做)。

宋春风在正对面坐着,认真地(几乎是发呆)看着牛肉卷曲起来,冒出油脂,发出响声。

她突然忘了很多东西,被老天解职后她的人生开始重启,五脏六腑都换了位置。窗玻璃上反射的烤炉两侧的二人让她有种不真实感,这男人是谁呢,为什么和自己坐在一起?随即又释怀,此刻自己视命运如水波,带自己漂到哪里就算哪里,原来那陈一起的好处,竟是将她推到这个陈亦奇的身边,说起来今天一丝半缕都没再想到他,电话没打,也不准备再打。

那白不呲咧冬日阳光下的通化城、突然离去的妹妹、拿着钱坐摩托绝尘而去的女儿、默默咽气的狗狗,都真实存在过吗?唯有现在脸上感受到的炭火是真切的,她有种雀跃的激动,有什么要发生了,故事正如卷轴一般徐徐展开。

今晚的宋春风是兴致盎然的,除了帮助陈亦奇抓坏人,她还要每分每秒不浪费地过这一辈子。所以她和那个陈一起的故事她还是不准备讲。

一切都好,除了出餐厅时,或许是坐太久的缘故,陈亦奇的腿肿了,走路一瘸一拐,宋春风没笑他,俩人赶紧打车回酒店,约好十一点到楼下集合,去赌场碰运气。宋春风说,乘胜追击。

陈亦奇说好好好,一拐一拐地进了房间。

等待让时间变得更慢。九点半多,陈亦奇在酒店房里躺着，无所事事。女朋友仍没理他，看来这次伤害较大，或者是她打定了主意——一定要分开。陈亦奇起身拉开窗帘，向外看看，视线被胡乱搭起的积木般的建筑挡住，别说海，路上车和人都瞅不见几个。他试着走了几步，腿还是疼。又躺回床上去，打开电视。

当地频道正播那个叫《单身即地狱》的恋爱综艺节目。他没连续看，女朋友倒是一直在追，她说，这种恋爱机制好，明确。喜欢就说，不喜欢就拉倒。彼此都喜欢就能一起逃离地狱岛，到天堂岛去吃好的喝好的。不然就留在地狱岛，看自己喜欢的人跟别人双宿双飞。

她嘴里发出细碎的锐响，嚼着让他头疼的椰子干，她钟爱这些，乐得看他听不惯偏过头去，她再掰回来，现在不这么做了，任他挪走脑袋。

她腿上的 iPad 里，一男一女正在按摩浴缸里泡澡，已经不像约会了。男人是篮球运动员，很臭屁的样子，以为每个女人都爱他（实际上也差不多）。虽然语言不通，但能猜出大概剧情，那男人次日又和另一个女人去了天堂岛,留上一集选他的女孩在地狱岛六神无主。但男人似乎和现在这个不来电,也没尽兴,在露天泳池旁六神无主。现任看出端倪,借故回房间了。男人泡在水里,陷入持续苦恼中。活该。

陈亦奇定了十一点半的闹钟,人几乎要昏睡过去。突然想起刚才宋春风执意不说自己和另一个陈一起的故事,到底发生了什么?怎么就欠了她十二万?不过现在宋春风在干什么?希望她别闯祸。

这一想不要紧,手机立刻响了起来。电话那端的宋春风声音有点不好意思。说,是我,唉,真是的。陈亦奇心头一紧,听起来是闯了新祸的意思。

倒不意外,在惹事这件事上她天赋异禀。

她很急切,说,我来咱旁边那个酒店的露天泳池游泳,被人抓了⋯⋯

陈亦奇头嗡的一声,人已站起来,腿伤比自己想象中重,更疼了,脚踝以下部分肿了,穿不进去鞋子。这是一月份,到了晚上,济州岛变得寒风刺骨,陈亦奇一瘸一拐的,穿着酒店浴室丑陋的塑料蓝拖鞋走入君悦酒店,脚趾一路感受着外边的温度——寒冬腊月啊。他想,这天气谁会去露天泳池游什么鬼泳?只有她宋春风,永远热烈四射、永远兴致勃勃的大聪明,才能想到这样的便宜不占白不占。现在该是被识破了身份,拿不出房卡,正穿着泳衣被保安狼狈看着。

陈亦奇想到这画面,脚下更急,加上腿跛,走出急于上楼捉奸的情态。大堂保安固然认出了拖鞋绝非我族,但看他脸上状况也没敢拦。这城市充满一种"算了"的暗语,多一事不如少一事。

电梯里有屏幕,播着这一季《天堂即地狱》的宣传片,篮球手在泳池里笑。原来这里正是刚才节目中天堂岛的外景地,露天泳池和行政酒廊都在五楼。

电梯门一开,热闹和热浪便扑面而来。果然是"天堂岛",人们可以不分时间和时令选择快乐。

当然不冷,几十根取暖柱熊熊喷出烈火,音乐不断堆叠向上,灯光被掷到夜空中,又被拉回水面上。有人在开香槟,有人在捏着鼻子跳水,水花飞溅,尖叫伴着笑声骂声,满场都是被酒精放大的快乐。

盛大的水上派对正在进行,DJ努力将气氛推向高潮,露天泳池里冒出热气,勾勒出岸边男女的身形。

"嗡"的一声，伴着音乐声，巨大的泡泡机开始工作，泳池瞬间被泡沫填满，泳池现在变成一块巨大的蓝色透明皂。人们更加激动，纷纷挤到到泳池边上去。

大海在远方的墨色里气定神闲。陈亦奇在泳池边转了一圈，四下找不到宋春风，感觉自己和这里的气氛格格不入，和远方大海倒很共情。正想着，一个巨大的泡泡直接砸到他的头上。

身后传来熟悉的声音，正是宋春风。说，你还真瘸了？继而看着他脚下的蓝拖鞋哈哈大笑，你还真信了？不过不这样说你能来玩？你觉得我能被保安抓住吗？那也太不符合我的人设了。

陈亦奇觉得"人设"这样的词从宋春风的嘴里说出来有点别扭，但她哪里不别扭呢？她又有哪一点符合年龄符合想象符合逻辑了？那忧伤沉静的是她还是现在手里捧着泡沫怪笑的人是她？两种人格她似乎可以随意切换，自己总是看不透就对了。

陈亦奇知道她是小孩心性，想骗自己来玩一玩，但自己再度当真又上了当，不免还是有些气恼。加上腿伤，走过来着实费了不少力气，下午存留的积攒的好感现在荡然无存。下意识将头上的泡沫直接甩到宋春风那边去，她万万没想到他会还手，以为他在跟她玩。笑着说，你都拐了还敢惹我？人已飞步到池边抱起更多泡沫，正式发动攻击。

陈亦奇心中叫苦不迭，后悔也晚了，想制止她也来不及，音乐声太大了。他人退后两步，脚绊到一双鞋子上，立刻失去了重心，能拉住的只有冲过来的宋春风。两人叫着咣当掉入泳池之中。

你是不是神经……他赶紧闭住嘴，以防呛水。人们发出比刚才更夸张的尖叫和笑声，岸上的人则向后撤退，护住手中香槟，纷纷看过来，判断这两位是真跳还是不慎失足。

DJ配合剧情，打碟机发出怪声后，音乐节奏更加强劲，人们进入下个高潮。

陈亦奇一个翻身挣扎钻出水面，脸上头上身体上全是泡沫，眼睛暂时睁不开，所以抹脸咳嗽呼吸一时不知道先干什么才好。

宋春风钻出水面发出笑声，落水让她更开心了，将泡沫再砸到他脸上身上去。疯女人！神经病！陈亦奇愤怒到了顶点。这是玩的时候？

周围的几个韩国人被她带动，纷纷加入战团开干，场面极为混乱，一时分不清是敌是友。

宋春风确实是玩游戏的一把好手，主要靠一个"勇"字，人无所顾忌，以不顾自己死活为主，当然更不会管对手的，几位韩国人陆续败下阵来。

宋春风冲到了陈亦奇面前，高举泡沫准备再给他盖个帽儿，陈亦奇已被打应激了，现在抹把脸伸出双手只有防护的份儿。宋春风却突然停下，眼睛看向他身后，嘴里发出咝咝的蛇一般的声响，表情半是惊恐半是兴奋。即便如此，她还不舍得丢掉手里那团泡沫，所以用下巴代替手，冲着泳池外不断扬起。

陈亦奇本不想理，怕再上当，见她坚持，下意识望过去，宋春风下巴指向的岸边的一对男女，俩人互相挽着，都端着香槟杯，男的西装革履，头发油光锃亮，向后背起，脸上肉嘟嘟肚子咕溜溜，不是曹志朋又是谁？陈亦奇眼睛瞪大，又眯起，聚焦再确认一下，是他！这次可不是后脑勺，是正脸！

曹志朋本来正和来路不明的女人在泳池边喝香槟，被落水声惊动了，正感叹说这么冷的天和衣下去打水仗韩国人真爱玩，现在一眼看到水中回过头来的当事人，人的三魂七魄立刻腾空而起，被点穴般的，笑容和姿势都凝固住了。

水里，陈亦奇轮廓分明的白脸在灯光里忽明忽暗。岸上，曹志朋收起笑容，不认识他一般，艰难地将目光挪走。接着，他终于露出见鬼一般的表情，将手里的香槟杯推给女孩，转身就跑，挽着他的女生一个冷不防，被他拽摔在地，俩香槟杯子应声落地，碎了个稀巴烂。其中一只的尾巴，借力在光溜溜的地板上陀螺般地转着圈，最后指向了水中目瞪口呆的陈亦奇，像在怪腔怪调地宣布：你输了。

曹志朋！有什么放入他脑中，他几乎是下意识，骂了一句，开赛集（狗崽子）！！！大部分人是听懂了，循声望去。

天堂岛游泳池里，陈亦奇水鬼一般全身湿透艰难上岸，脚下却无从发力，身体更是沉重。宋春风拽了个浴袍追上去之前，丢给他一句：别让这女的跑了！

俯瞰下去，派对中的人群又被割开一条缝隙，曹志朋在前边慌不择路，宋春风骂着"开赛集（狗崽子）"疾步紧追，陈亦奇跟着跑了两步，那蓝拖鞋并不争气，前脸被扯开了，变为光板儿留在原地。陈亦奇人只得返回来，捡起那拖鞋。

音乐声没有停，派对自然也不会，额外剧情让音乐更加激烈。陈亦奇一瘸一拐，手持拖鞋跳回那女人面前，不知道说什么，憋了半天说出了句，不许动！

有水珠从他额前头发上滴下来。女人正查看自己手肘的伤情，听到陈亦奇的要求，愣了下，然后翻个了白眼崩溃地大骂，神经病啊你们，什么不许动！

曹志朋跑出两百米，人已经上气不接下气。什么鬼啊？为什么突然一个女的帮陈亦奇追自己？吓的原因倒不是因为突然遇到陈亦奇，他了解他，虽然做贼心虚，但可以面对。比较可怕的倒是身后这女的，自己尽全力跑了，甩不开，根本甩不开。她总是离自己三五米的距离，光脚板在地板上啪啪作响，嘴里还不断骂着开赛集（狗崽子）！声音还越来越大，没有半点力竭的意思。她还会随手抄起东西扔过来，刚才路遇保洁车,一把扫帚便贴着他头皮飞过去了。

她好像是真恨他,有血海深仇,要除掉他而后快,但他们明明不认识。宋春风在后边后悔不迭,早知道应该扔腿,人准倒。这灵活的胖子必然是赌徒!不然不会这么逃跑如逃命般的,这么难追!

曹志朋咣当一声拐进安全通道里去,再用身体猛力把防火门关上。这一挡让宋春风和他拉开了一点儿距离。她倾尽全力才将那门拧开。曹志朋本来在楼道里捯气,听她又追下来,只得惨叫一声,再度艰难起跑。

楼梯绕啊绕,楼内是挑高很高的五层,楼道里却超过十五层。俩人都转累了,又都不想放弃,于是快一起快,慢一起慢,休息都休息,起身都起身,没有人比对方能更快一点,也没有人能比对方多一口气,追的逃的形成猫鼠般的奇妙关系,简直生出几分亲切。

她喘着粗气骂,开赛集,狗崽子。他气喘吁吁地发微信语音:阿杰,门口,接我。

不要脸!骗子!开赛集(狗崽子)!宋春风似

乎将那"陈一起"也一起骂了。突然想起那次多年前跑步比赛,也是这样,像怎么也跑不完的,没有任何人可以帮她。她醒过来后,大夫问,你上一次月经什么时候,她说啊?对方有点责怪她,是年长者的嫌弃,你们这些年轻女孩,乱……什么都不懂,你可能怀孕了。然后她看到手上的汗毛一根根立起来。原来生命们开始地如此草率,如此荒诞不经。很多人是没预谋来的,大部分事也是随机发生。

现在是水落石出之后的很多年,心肺把氧气都集中供给了腿,于是顾不到头,她人有点晕。

对方不愧是赌徒,穷途末路看来更能激励人,虽然人胖需要更多氧气,但晃晃悠悠总领先她几步。

他推开门,冲进大堂,走过酒店的旋转门,有辆商务车已经打着双闪开着侧门候着,他跳进那车里去,喘着粗气回头看她,甚至咧嘴笑了下,那是——老鼠对猫的嘲讽。电动门关上了,车歪扭了几下发出难听的声音,冲了出去。

宋春风知道追不上了,手放在膝盖上大口呼吸,与多年前跑马拉松时晕倒前同个姿势,只是这身体、膝盖、手指都等比例变粗了。人体是不是也有年轮呢，新一圈不如旧一圈，这一年不如刚刚过去的那一年。有什么正从她鬓角滴落下来，不知是汗还是水。

她站起身，人穿着阔大的浴袍，头发上有残存的泡沫，嘴里念念有词，情态样子都像杀夫未遂的疯女人。

她在大堂里显得格格不入，于是她站得更确定了，毕竟让人不爽是她的每日任务，她就要这份格格不入。她得偿所愿，任由别人看她。只是现在光脚板感受到地面了，怪凉的。

到能正常呼吸，她径直走到礼宾部那里去。服务的女孩单眼皮，显得涉世未深，表情控制不大熟练，现在过于惊诧，不大职业。宋春风跟她要了一支笔，把刚才念念有词背诵过的车牌号，记在了手心里。

然后她说，你好，给我双拖鞋，不，两双。

7.

泳池边上,那女孩提供的信息毫无价值。

她说自己失恋了,一个人跑来济州岛玩。下午在海边发呆,看到另一个发呆的男的,正是曹志朋。只是他跟她说自己姓陈叫什么奇(陈亦奇叹为观止,好多人愿意冒充他)。

是她主动上前搭讪的,想着反正一个人也是无聊,看完夕阳两人一起吃了晚饭。陈先生说自己晚点要去赌场逛逛,还说自己总是十一点半去,十二点半走。这样可以用两天的运气。然后问她怎么一个人,她说失恋了。于是他邀请她今晚去赌场,说她新手加情场失意,肯定手气很棒,他可以出资,赢的钱分她百分之十。她倒不觉得非得要那百分之十,只是想看看自己有没有魅力，但陈先生看起来不像是找艳遇的样子，谦谦君子般的，对她颇为正经。

后来他们决定过来泳池派对杀杀时间，可酒没喝上一杯，就被你俩冲散了。原来他不姓陈，他骗我，我还是没有魅力。她说。

宋春风用浴巾擦头发，看着陈亦奇笑，说，好多人想当你呢，陈先生。然后认真跟女孩说，为什么要去证明自己的魅力呢？你多好看啊。但我也知道，别人怎么说，你自己也是不信的，你只有发自内心地对自己好，你才能真的好起来。

她讲得认真恳切，像说给自己女儿一样，她的脸因为刚跑完，红扑扑的。女孩不吃这一套，没好气地问，我很冷，你们问完了没？我可以走了吗？陈亦奇说当然，谢谢你。

女孩披着浴巾走了，背影看起来很失落。宋春风看向陈亦奇，他人在发抖，头发湿着，脸色惨白，整个人冷了下来，像关了灯。

宋春风递给他新拖鞋，他没有接。他弯腰拿起自己坏了的拖鞋，一只脚光着，走起来深一下浅一下的。那破拖鞋被他扔到垃圾桶里去了。宋春风想过去扶他，他甩开胳膊，人歪歪扭扭，又有点不知道怎么表达，会骂人就好了，偏偏他不会。她再去触碰他的胳膊，他伸出挡住，终于低声吼出来了，她的关心也好，示好也罢，现在都不要跟他有关，够了！

别动我！他挪开自己的胳膊，声音低又清晰，将她甩在身后，自己走了。他脚很痛，走得很慢。地面冰凉，但他不管，想立刻离开这里。

赌场外，大音箱里的李贞贤不知疲惫，仍然在唱。陈亦奇觉得更冷，抱紧双臂，回头看看，侧面的玻璃幕墙上是自己，衣服贴在身上，裹出干瘦的体格，只剩骨架。如果不是这次出国，真是没有机会这样从里到外地认真看下自己。宋春风没有跟来，应该是知道自己闯了祸。陈亦奇心一横，给自己鼓励，不再管她，从此一拍两散也好。

他跛着一只脚走过斑马线，路灯下的人影被自己落下半米，样子像极了刚被唐僧赶走的孙悟空，还被夺了悟空的名字，变为孙行者。

终于摆脱了宋春风，奇怪的是陈亦奇并不兴奋，更没有轻松之感，脚步不知怎么还沉甸甸的。算了算了，本就素不相识，散了就散了。陈亦奇劝慰自己，心境和脚下的这座城市同了频。

宋春风，再见。

回到酒店，陈亦奇洗个热水澡，换上干的内衣裤，人总算舒服了些，但脚踝还是肿的。他只带了一件羽绒服外套，没有可替换的，现在人只好金鸡独立着，用吹风机将它吹干。

刚才这一闹，肯定打草惊蛇了，曹志朋今天应该不会再去赌场。时间已经过去两天，虽然不算一无所获，但抓不住人一切都是白搭。这么想着，他对宋春风的态度就更矛盾一些。

他知道自己刚才不是生她的气，是生自己的气——是怪自己对生活没有应对之策，只有笨办法，原来你陈亦奇顺利活到如今，靠的不是能力，是傻力气和好运气。现在他想逼着自己一个人去处理、思考、做决定，却全然没有头绪。想想还有什么可能性呢？陈亦奇对自己说，曹志朋会不会吓得连夜买张机票回国呢？就算他不回国，济州岛虽然不算大，但找一个人还是有些难度的。赌场这个线索不知道算不算断了，如果断了，那此行就前功尽弃，变得毫无意义（除了知道曹志朋还活着）。也许当时在北京直接报案才是最好最快的办法。自己为什么在这里玩猫抓老鼠呢？而且抓到曹志朋又能如何呢？打他一顿吗？自己最终诉求是什么？以上都是没有答案的问题。

陈亦奇有点儿沮丧，挂好羽绒服，人坐回床上，只穿内衣内裤，屏息静气，试着整理心中繁杂的心绪。腿还疼，根本无法盘起，只好叉开一只，手放膝盖上，人歪着，模样虔诚但滑稽。房门被什么咚咚敲响，不是手，是别的东西。他知道是宋春风，心里竟意外地松快了些。想来她该是一切收拾停当了，所以才又来烦他。不过自己既然主意已定，心里也说过再见了，就不必再重归于好。

他隔着门说，我洗完澡了，准备睡。明天我回北京，你想玩接着玩吧。陈亦奇自觉仁至义尽，俩人再这么合作（合作？）下去不知道要出什么乱子，所以话说得没留余地。

敲门声停了，宋春风这次竟没耍花招，也没申辩，估计真是知道自己错了，或者是觉得陈亦奇不知好歹，也真生了气。外边再没动静。

陈亦奇听了听，站起身，一只脚着地，挪到门口去。

宋春风吃了闭门羹竟然不发作？真是邪门。正想着，门锁一声响，门被房卡刷开了。陈亦奇吓了一跳，跳了几下逃回到床上，用被子裹住自己，毕竟刚才只穿了内衣裤。宋春风身上带着寒气进来，面无表情，更没看他，像回自己家一样自然。这样一来，陈亦奇弹到床上用被子蒙上自己倒显得多余。

你干吗？！怎么随便进别人的房间？陈亦奇在被子里问。

你又不是别人！宋春风放下手中拎着的两大袋东西，从门口柜内拽个浴袍下来扔给他，然后她将他房间内写字台前的椅子拉到浴缸前，再把其中一大袋东西，哗啦啦统统倒进浴缸去，又打开浴缸的水龙头，陈亦奇这才看清，她手里拎的，原来是一大袋子冰块。

我找前台要的，说我房卡丢了，报的你的房号。

宋春风把新房卡放桌上，解释了下，人没有笑，下巴冲他扬了下，说，过来，24小时内要冰敷，你的脚。她说得轻松随意，不带情绪。似乎没听见刚才他说的话，也忘了之前俩人的问题，更不是她把陈亦奇搞到泳池里去的，明天当然也不会分道扬镳。陈亦奇愣住了，这人怎么拒绝接受信息，真是莫名其妙！

他说我不，意志坚决，再重复一遍刚才说的，我明天回北京了，你想玩接着玩。

宋春风说，快点，不然你的脚明天连机场都去不了。

她说着从另一袋塑胶袋中掏出几罐啤酒，拿出一罐打开了，自己喝，剩下都放在浴缸里冰着。见他咧嘴，说，你快点。

明天你也走不了。她语气平静，而且我知道曹志朋明天会去哪里，你想知道，就先把脚泡了。

陈亦奇怕她骗他，说，你少骗我，我不想知道，我受够了。

宋春风像断了信号的手机，听不见。她拉把凳子坐下来，还是背对着他，看起来是他不照办她不走的意思，然后说，我骗你？我才是被骗的那个。

她就这么开始讲自己和那个陈亦奇的事。人一直看着啤酒，手在罐壁上，从左边滑到右边，又从右边滑到左边。她的爆炸头没有完全被吹干，花开得刚好。她整个人忏悔般，也像讲别人的故事，没有情绪，没有责怪，对自己对对方都没有。

她讲起被老天解了职那天，讲女儿拿了自己本来就准备给她的钱，讲自己的狗变成扁平的毛毯一般的存在，讲自己那天去喝了酒，换了眼睛盯着男服务员看，讲自己后来喝了很多酒，然后去了直播间。她唯独没有讲按摩店发生的事，后边也跳过了一些细节，包括她做的关于陈一起的梦。

在陈亦奇看来，她的人生拼图完整了起来，他似乎理解了那个忧伤安静的她，死死生生之外，她的故事在穷尽处冒出了新芽，让人觉得喜悦，要巴不得立刻看她马上重新为自己活一遍。可故事进展到她给那个陈一起分三次，一次四万，总计转了十二万时戛然而止，嫩芽停止生长。

后边的事儿你都知道了，她说，眼睛看着地面。

陈亦奇没有说话，穿上了浴袍，人坐到浴缸边的凳子上去。脚伸进水中前，他试探着将脚趾放入浴缸中。水很冰，但他竭力忍住了，没有发出声音。和宋春风比起来，他太幸运太脆弱了，几乎是不堪一击。

他人还浸泡在她冰冷的故事之中，浴缸里的水不算什么。他像跟她一起喝了那天一样多的酒，他想提问，但问不出为什么不报警这样的话，他心里像被塞了块湿毛巾，堵得难受。

宋春风用手机做了倒计时八分钟。语气轻快起来，说泡八分钟就好，防止冻伤。

八分钟里，俩人都没有说话，静默像雪慢慢落在他们之间，落满他们的头发和眉毛。

闹钟响起，她递只毛巾给他，一切顺理成章。陈亦奇说了声谢谢，觉得和好得太快，显得自己意志薄弱，便仔细擦脚，用来掩饰尴尬。果然脚踝的肿似乎消了点，人也好受些。

她顺手把浴室的塞子拔了，水流下去，她站起身时，发出了一声叹息。她不像之前那么体力充沛了，像刚才的讲述比更早之前的追逐还要费力气。陈亦奇不知道怎么安慰她，想起她怪鲜艳地站在光里等他，脸要伸到自己前风挡上去，这之前该做怎样的心理建设，该是怎么用力地校正自己，保持笑容和信念，默念着，就是他，他没骗我。后来的故事你都知道了。

他知道了吗？他和她如此巧合的这部分。

然后听见宋春风说，今天好好休息，明天我们九点半出发。宋春风突然不顽皮了，也没有逗陈亦奇的意思。她伸出手来，手心里有模糊的字，但辨别不出，她说，我刚才记下曹志朋的车牌了，只是……因为记手心里，就没记心里，后来发现糊了。

三句话让陈亦奇的心情如过山车似的忽上忽下。好在我记得那车尾巴上画了个东西，卡通人物。为了方便她讲述，她拿起写字台上的笔和纸，画了几笔，递给陈亦奇看。陈亦奇拿过来，看那东西像个葫芦似的，大圆上顶着小圆，伸出短短的四肢。因为过于潦草，愣是看不出她画的是什么。

宋春风接着说，济州岛不大，我就网上找了一个租商务车的，我想着中国司机肯定都彼此认识，后来加了微信，给他看了这个图，他就认出了。宋春风看他对图没反应，把那纸拿过来看，又添两笔。说，难怪，忘了画这个，她给肉葫芦加了披风和笑脸，头上再长出一根肉犄角来。补充说，忘了说了，它是粉色的。

魔人布欧？陈亦奇脑中闪出《龙珠》里那笑眯眯心狠手辣后来变得很好的圆胖子。

对！宋春风说，小孙也说是这个什么欧，小孙……就是我们明天要用的司机。我跟他约好了，明天九点半，来酒店接我们。他现在正跟曹志朋的司机套他们明天的行程。我说了，不要声张，包车费用加倍。但钱你出。她轻松起来，接着说，放心吧，好好睡一觉。曹志朋没离开济州岛。她像是偷听了他刚才的心里话似的，给了他确定的答案。

陈亦奇看着她拎着啤酒，转身要走。拿出手机，不看她，假装不在意地说，你加上我微信，方便联系。宋春风低声啊了一声，还是依样加了。他按了接受。

宋春风默默输入了陈亦奇，转身走到了门口，没有回头，门在她身后关上了。她靠在门上，觉得很累，深深吐了一口气。

手机亮了，照亮了她的脸，微信是陈亦奇发来的，他说：等回北京，我帮你找那个人。这话说的，像他欠她什么似的，像现在他在承诺似的，有点庄严。现在她置顶的两个陈亦奇。头像一样的，更高出的这个是房间里的真的陈亦奇，他又补充了一条：一定。

门外，宋春风按熄手机，人钻到楼道旁的紧急通道里去，泪水滚滚落下来了，止也止不住，擦也擦不完。

这夜她想起了弟弟宋春雷，他可没说过一句贴心的话，只提需求，要这要那。他年龄最小，却最像那里的人，继承了那里的血脉、认知、对待一切的态度——对长大成人、结婚生子、生离死别都没什么话，怎么都行，逆来顺受。他们笃信什么年龄办什么事儿，承担什么样的重量。

妹妹葬礼上，他和老婆来了，比其他亲戚还晚些，没提丧礼花费的事儿。他没他老婆哭得伤心，没掉一滴眼泪。他鞠完躬把宋春风拽到一边商量，问是不是能把老房子写到他名下，方便孩子上学。宋春风答应了，他就显得很高兴，和老婆孩子认真地吃了饭，像妹妹还活着，他们只是过来看看。

姐弟也好兄妹也好，长大了，就都变成了同龄人，感情好不好全靠相处。按道理是宋春风把他养大，但他却和她不亲，没有父亲倒不影响他成长为一个传统意义上的男性。

宋春风是个极为奇怪的姐姐，宋春雷是个极为普通的弟弟，读了一样的书，但彼此语言不通似的，更别说互相理解。宋春雷是断然不会说出刚才像陈亦奇那样的话来的。我帮你找那个人！誓言般的，能不能办到再说，但句子暖融融的。后边再加一句，一定！更加暖融融了。不止暖融融，简直是发烫，烧到她心里去，头上去，脸颊上去。

如果不是灵机一动画了那个粉色的什么欧，又顺利找到了小孙。她也想着这事儿就这样算了吧，自己再跟着陈亦奇也没意义，只是让他觉得麻烦。这几天功过相抵，但还是过错大一些，值得陈亦奇这样的人来一个掉头就走。他跟之前的她好像啊，一点儿也不松弛。现在好了，她和他的故事又续上了。所以还是要感谢她发疯的，疯起来就有奇迹发生。一时掌握不好火候用力过猛也是可以原谅的。

总之,她和陈亦奇和好了,内心对他有了新的看法,她要是有个陈亦奇这样的弟弟就好了。她都不用他保护她,可以彼此保护。

陈亦奇早上醒来,先活动了下脚,觉得轻快了不少,试着下床走到洗手间,也觉得步子可以均匀了,可以踩实。看来昨天的冰敷确实有用,不禁想跟宋春风分享这个好消息。可洗脸刷牙干坐到九点半,眼看到了集合时间,宋春风却迟迟没动静。一切信息都在她手里,难道自己又被她耍了?想了想觉得不会,便穿戴整齐去敲她的门。没有人开,陈亦奇打电话,听到电话在里边叮叮咚咚响起来。他再敲门,仍没人开。正担心她出了什么意外时,门开了。

里边黑洞洞的,宋春风白着一张脸,摸着自己的头说,我发烧了。

她刚才听见什么叮咚作响,但就是睁不开眼睛,想着那个陈一起早上要说早早早的。现在是什么人半蹲半站在她面前了,还用手摸她的额头,冰凉的,干吗?是妹妹吗?她总是这样,她说,起来姐姐!给我暖暖！那时她在外边儿玩了雪，会冲进家里，用手摸她脖子，顺带咯咯地笑。但女儿从不这样，宋得意觉得同龄女孩子们幼稚，渴望成熟，总知道自己要什么，甚至有时候会流露出刻薄，不知道随谁，断然不是自己。

门被敲响，眼前的这几个人都不见了，她挣扎着起来开门，陈一起小妹和女儿就都不在了，让她恼火。

陈亦奇现在进了屋，看着床头柜上几罐空啤酒，伸手搭在宋春风额头上了，果然滚烫。跟她说，你就在这里休息，等司机来了我跟着去，你就别管了。

不用，宋春风断然拒绝，说，我让小孙给我带了药，吃了准好。你到大堂等我十分钟，他人马上就到。

十分钟后，宋春风出来，戴着墨镜，包着头巾，粽子般紧实。爆炸头不见了，人看着瘦高了不少。陈亦奇缓缓站起身，笑了。

幸灾乐祸。宋春风脸蛋红扑扑地说。陈亦奇说，那绝对没有。宋春风看手机说，小孙到了，在停车场。

俩人走出酒店，阳光里停着一辆GL8，车外站着个男孩，看样子二十来岁，穿皮夹克，黑裤子，头发也长,做了造型(后来解释,是自来卷)。他一手拿着保温杯一手拿着几只气球,又红又绿又蓝的几个明亮颜色。怎么看也不像司机,倒像来约会的韩国练习生。

看他俩出来,小孙立刻迎上去,叫了声姐,他说话声音很粗,整个人像被姜文姜武配了音,说话如雷声,从喉间滚出,画面和声音极不相配。

小孙按开车门,把保温杯递给宋春风,说这是热水,特意加了点常温的水,方便现在吃药。他又从兜里掏出两盒药,说退烧的和治感冒的,我都买了。

他看到陈亦奇,略显疑惑,转向已经钻到车里的宋春风问,孩子呢?不是有个孩子吗?然后明白过来,嘿嘿笑了,东北味儿极浓,转而对陈亦奇说,我姐跟我说那孩子很着急,我以为说谁呢,嘿,说的你啊哥。

陈亦奇不知道怎么接这句"哥",但知道自己又被宋春风瞎编派了,现在她病着,不能跟她一般见识(其实平时也没办法),他顺手接过气球,没好气地说,对,那孩子是我。人钻上车去。

宋春风扑哧笑了一下，冲他撇了撇嘴，拉下墨镜看了看药上的说明，韩国字儿真是一个都不认识，但没所谓了，她吞下了两粒胶囊。

车上，小孙介绍了下济州岛的情况。兼带着说了说自己，说了不少——包括看不惯老家各种人各种事儿，大学毕业就跑出来，宁可在这里开车。包括自己学美声的，找不到什么专业对口的工作。包括这样也挺好，自由，他还和朋友做点播客，说说做司兼导（司机兼导游）的见闻，也挺开心。还说听众都以为他是四十多的离异男士，声音沧桑，适合配高端汽车的广告。

他又介绍说，现在第一站咱们要去汉拿山，树挂不知道你们见过没有，北方客人可能一点不觉得稀奇，姐肯定是不稀罕。哥您是哪里的？

陈亦奇被迫回答说，湖北的。他说那你来值了，南方人看这个肯定觉得高兴，跟到了仙山一样。不过湖北也不算太南方。还有就是不知道你们追踪的那位，不也是个北方人吗？不知道为什么要来。但我们做司导的吗，只接客单，不问缘由。昨天我问过阿杰，就是拉你们那位仇人的司机，车上有魔人布欧那位。他说今天就是几个景点的行程，说曹哥没说为什么，平时也根本不会起这么早。

他说完立刻觉得不妥，狗尾续貂了一句，那个姓曹的。以表明立场。

宋春风说，对，姓曹的。小孙，你今天拉我们，抓住姓曹的，大功一件。陈警官不会亏待你。陈亦奇心里打个冷战，看向宋春风。好在小孙并不介意更没怀疑，他后视镜里的那双眼睛立刻变得相当真诚，手在耳边敬了个礼，冲着陈亦奇朗声说，保证完成任务！

陈亦奇还没来得及给出反应，就听见宋春风一声：狗！前边有狗。小孙一个急刹车，陈亦奇人差点儿栽出去，手中一个气球"啪"的一声爆掉了。车停下，三人都吓了一跳。小孙得以看清前方路面上横躺着一只扁平的狗尸体，血肉已被过往车辆带走，徒留一张躯壳头朝向路边，身体和四肢地毯般嵌入路基之中。

小孙拨转方向盘，绕开它，口中念念有词，又从车的手套箱里掏出一把硬币，按开自己那侧的车窗，将硬币一一扔出。

陈亦奇好容易恢复到原来的坐姿，正在活动脖子，看光打在小孙的身上，喉间呜噜呜噜，手里的韩国硬币纷纷落在路面上，发出脆响，竟有几分庄严的意味。

他回头看去，车离那狗越来越远，旅游淡季，后边路上一台车都没有。路面上有火似的，突然，那扁平的狗，竟然站起身来，钻进路边草丛里去了。他惊呼一声，啊，不是，那狗……宋春风裹着大衣问他怎么了？他说，你看你看那狗。他指给宋春风看时，车已经越远，什么都看不清了。

小孙扔完硬币，关上了窗。陈亦奇心跳加速，无从解释刚才看到的一切，又觉得可能是自己睡眠不足。这两天的怪事太多，真不知这宋春风到底"送"来了什么。宋春风跟陈亦奇说，我有直觉，今天咱们能抓到曹志朋。不知道哪里来的自信，陈亦奇这样想着，心里苦笑了下。

车进山拐了一个弯之后，车外景象大变，恍若开进了新的季节。

是树挂,粉雕玉砌的。冬日本只留了枯瘦枝干的树,现在慷慨贡献出骨架,任由雪们攀上枝头,开出新的花来。小孙说,树挂得各种天气条件加持才能形成。前两天咱们这儿下了大雪,气温够低,又有水分,才有了这般美景。

阳光很强,直射下来,整条盘山公路两侧山林就更显得琼枝玉叶,晶莹剔透。风一吹,便有雪簌簌落下。远望过去,山林层层叠叠,画作般的,向前绵延。

即便心中有更重要的事,陈亦奇也暂时被美景震撼了下。也因为这树挂,当地人和游客们闻风而来,都要趁着树挂最好的时间来拍照赏景,整个汉拿山山区,大家颇有默契,这边停一半,另一边停一半,车道变为单向,狭窄拥挤,双侧通行自然变得缓慢,路上一串红色的刹车灯。再加上有的车在找车位,有的车想赶紧杀出重围,有人下车拍照,有人拿着手杖横穿马路徒步上山,车越来越慢,最后简直要停下来。

陈亦奇无心观赏风景,抻直脑袋向前张望。宋春风一不做二不休,跟小孙说你停一下,我们俩下去拍几张照。发烧了我都。她在他拒绝前抢着说,像发烧是他造成的。

虽然百般不情愿,陈亦奇最终还是被她拉下车,到路边树前假笑。

宋春风你不是有病吗? 陈亦奇语带双关,表情冷漠地帮她用手机拍照。

我现在好了。她戴着墨镜,嘴里喷着哈气,让陈亦奇往后站些,别拍那么近,显脸大。

陈亦奇向后退两步,发现这边积雪更深,瞬间没过鞋子,冰凉,倒很提神。

宋春风哈哈大笑抓他过来,让他小心,他还来不及感激,她便抬手抓住树枝猛力摇了几下,她自己包了头巾,毫发无伤,陈亦奇则从头到脖子透心凉,变成一尊新的树挂。

昨天泳池事件造成的伤害还没好,这个疯女人又故技重施! 怕他反击,宋春风已经闪身跑开,追上打着双闪的小孙的车钻了上去。陈亦奇抖落身上的雪,傻子般发力狂奔,好在车开得极慢,这才追了上去。

陈亦奇上车,看宋春风可怜巴巴看着他,摸着自己的额头说,好像又烧起来了。陈亦奇手中的雪球左右手倒着,骂了声活该,放弃了说,给你吧,降温用。宋春风开心地大笑,伸手接过,左右手倒着,像雪球很烫似的。

她说,怎么回事,一下雪就高兴起来。

前边正好一个对面无车的空当,小孙猛力打了一把方向,将车头掉转过来,小孙口中念念有词说,sorry,别害怕,相信我汉拿山车神!又侧过脸跟宋春风说,姐,阿杰来信儿了,说看这边太堵车,他们不来了,要直接去橘子园。

小孙后来介绍说,济州岛旅游线路粗算只有南北两条,南是昨天你们走的小豆岛一线,北是我们今天走的汉拿山到橘子园,海边一线。这一线硬要冬天来的话,能一天感受四季,你可以说它气候恶劣,也可以说它旅游资源丰富,怎么说都行。

果然,到了橘子园这边,便全然换了季节,更像秋天。

天蓝得不像话,绿色的橘林浓绿如墨,明黄色的橘子累累挂在枝头,一片丰收景象。越过橘林极目远眺,便是汉拿山的全景。这山周身青黑,不算太高,姿态却很巍然,山顶覆盖着终年积雪,云层缭绕,偶尔露出真容,山顶在阳光下发出钻石般的光芒,山更显得气定神闲。

橘子园旁的咖啡馆是一个旅行网红打卡点,原木极简风,适合拍照,当然也适合年轻人来约会。咖啡馆后的大棚温室内全是橘树,可以供游客进去做采摘体验,再出来称重付款。

咖啡馆前,也有几十株橘树,橘子们个个饱满结实,长得挤挤挨挨,只是橘树林被滥用为许愿池了,橘子被人写满了愿望,脸上布满了黑色墨迹,全是心心念念和求之不得。愿望大部分是韩文,也有部分汉语写着"暴富"和"有钱",倒不嫌笔画多。中国人讨厌有钱人,但也迫切希望自己能成为有钱人,在为钱许愿这件事上,总是不厌其烦。

小孙好容易找到俩空白橘子,揪住了,按到宋春风和陈亦奇面前,说,哥,姐,来都来了,你们写写愿望,这儿有马克笔。见陈亦奇心不在焉,知道他着急,劝慰他说,他们刚出发,车程得五十分钟,你们有的是时间,还能喝杯咖啡呢。

陈亦奇不想扫兴,拿起笔,对着橘子发呆,一时倒真是不知道写什么。其实每次生日许愿也是,闭上眼时思绪万千,最后只许了"活着,活着,大家都活着"。这种朴素的愿望应付一下(好在生日愿望不能追问)。现在对这颗橘子想了想,脑中更是空无一物。

你是不知道还是难为情? 药起效后,宋春风到底是不烧了,刻薄起来。她不含糊,拿起笔来就写,写完了,像那种好学生提前交卷般高兴,她和那橘子脸贴脸让小孙拍照,上边就俩字一个标点:发疯! 叹号在橘皮上不好好行进,歪歪扭扭。

那你愿望不是已经实现了吗? 每天都在身体力行。陈亦奇想回撑她,但又怕引起更多讨论,只得赶紧在橘子上画个笑脸了事。俩橘子现在重新回弹到原位去了,俩头挨着,一个发疯一个笑脸,只是那笑脸歪歪扭扭,颇为勉强,更像是苦笑。

小孙挺满意,带他们看那园区示意图前,说,这是橘园,这是咖啡馆,这是路口,这是停车场。橘园整个园区像个牛皮酒壶,壶口朝向公路,停车场在酒壶脖子的位置,显得易守难攻。

小孙指着图说,我现在就回车上等着,不熄火,随时准备。宋春风说,等他们进到停车场,你用车直接别住他们的车,咱们来一个……宋春风想了想。

小孙接住了:瓮中捉鳖。对,瓮中捉鳖!

确实如图所示,进到橘子园的路窄,停车场又只有一个,曹志朋的车只要进来,再被人挡了,绝对插翅难逃。宋春风大笑,看起来真不发烧了,说的话又像还在发烧。她和小孙俩人像结完网的蜘蛛似的,嘿嘿笑着,击了掌,完全把陈亦奇排除在外。

小孙看起来相当兴奋,想想也是,和日复一日司机兼导游的枯燥工作相比,今天的活儿可太有意思了——抓坏人。双倍计费不说,还和阿杰自然分成两个阵营,要不显山不露水地获取情报,分外刺激。

只是不知道这仨人什么关系,那姓曹的和他们有什么矛盾?但那男的决计不是什么警官,长得太白,手无缚鸡之力的样子,就算是警察顶多也就是个文职。他俩也是,不像姐弟,也不像情侣,看起来更像临时搭子。

不过刚才自己问阿杰多了，对方有点儿警觉，说小孙你今天怎么这么闲。小孙打掩护说，我也在橘子园等着呢。今天客人是一对老妻少夫。现在正在里头喝咖啡。我这不想你呢么，不对，想捣蛋了。阿杰说，想我？你真恶心，但一会儿见。小孙脚跷在方向盘上，冲着屏幕暗笑，等的就是你，这叫什么来着？瓮中捉鳖。

店里，宋春风和陈亦奇二人点了招牌的橘子拿铁。坐在临窗的位置，能直接看到橘园和停车场一角。

咖啡馆朝南，阳光直晒进来，窗户开着，阳光和温度被窗棂切成块，冬日暖阳比咖啡还贵。咖啡馆老板娘忙得不可开交，除了要帮采摘的客人称重打包，做咖啡收银也全都靠她。许是怕陈亦奇他俩等得着急，路过他俩时随手将一个橘子放在他们桌上，说了句韩语，又意识到他俩不懂，便补了句英语：free。

橘子挺大个儿，看起来更像个葫芦，表皮上坑坑洼洼，该是中国人说的丑橘，不过这个很重水分很足的样子。陈亦奇信手将它剥开，橘皮裂开时如同被触发了什么机关，花洒般向空气中喷洒着细密的汁水，满屋顷刻之间腾起新鲜的橘香，令人愉快。如果不是心有挂碍，此情此景该有良辰美景的意味，只可惜人不对。陈亦奇想了下，又觉得自己过分，这样的场景自己根本没期待过，画面更是一点也没有，还说什么对的人？他又想起自己有天被同事问，你期待的理想人生画面是什么？必须要讲真实的画面。他也像生日许愿和刚才橘子上写字时一样，大脑一片空白。同事打趣说，果然帅的人先享受世界，你已经过上了理想生活，真正实现愿望的人是不需要许愿的。

他不知如何应对。他没有透露过幸福，大家知道他有女朋友这事儿，见他沉迷于工作，情绪又稳定，便一厢情愿臆想出他生活幸福的样子。他看起来确实也是，人有魅力，但从不外溢。背后总该有个幸福被他认真爱着的女人才是。

男人做什么事情都像做项目，完成就打个对钩，不再占用大脑内存。他朋友圈里没有任何私人的内容，只有工作，像他另外有一个微信号，但他并没有。写任何社交内容都需要力气，他一点多余的力气都没有。当然，他对将自己的生活状态展示于他人也毫无兴趣。

后来他终于想到自己理想的人生画面，中午吃饭时迫不及待地说给提问的同事听。他说画面是我穿着那种防水连体衣，在溪水中钓鲑鱼，岸上一只大狗在哈气，最好是拉布拉多，它吐着大红舌头等我。我住在溪边木屋中，开大切诺基，身上穿的衣服跟现在这些都不同，基本是牛仔和工装裤机能风之类的。

他讲得兴致勃勃，有考试时这道题我会而且特别会的兴奋。同事听完，歪头思考了一会儿，说，生动倒是生动，但怎么只有你一个人呢？同事只是疑惑，不是质疑，却让陈亦奇面红耳赤起来，糟糕，一时兴起，竟忘了给女朋友留一席之地。陈亦奇兴奋感瞬间荡然无存，要直面自己内心的理想生活和现在正在过的有较大出入这个事实。

陈亦奇这么想着，几乎要回到当日的窘迫中，赶紧拽自己回来。宋春风正给刚才自己打开的橘子拍照，它此刻留在阳光里的那一半如胚胎般幼嫩，被光照出果肉清晰的经络。

他学着拍了一张，把照片发给女朋友说，这里也可以来，一个橘子咖啡馆。这和之前的他完全不同，他很少分享的，手机里都是工作截图，没有一张生活记录，他总是懒得拍照，甚至借此强调他是个不做作的人。（也不知道什么时候拍照和做作成了一件事）。现在他这样一反常态，是在祈求对方原谅，是一种修正、纠错，一种自我校准。这是宋春风带给他的。在这之前，他以为自己无所不能什么都不缺。在这之后，突然发现自己什么都没有，包括处理各种关系和生活的基本能力。

现在，他把橘子推给宋春风，说，补充维C。这已是他最大限度的关心了，过于苍白的知识点，强调的还是功用，连个祈使句都不提供。他没有接着问一句"你好点了没有""是不是还难受"这样的话。关心他人会暴露自己的脆弱，过于关心他人则会显得虚伪，反映出你内心也渴望别人对你这么做。但这种渴望，不该展示给任何人看。

正想着，陈亦奇打了个哈欠，嘴巴将闭未闭之时，有什么凉凉的东西被递到了嘴里，反应过来是宋春风塞过来的橘子，不是一瓣，是三四瓣。他躲避不及，只得咬住，橘子汁水四溢，瞬间填满口腔，味道倒是很好，但被那汁水呛了，只好捂住嘴咳了个面红耳赤。宋春风又在那儿嘎嘎怪笑，毕竟让人不爽是她的每日任务。

咖啡终于上来，没有多好喝，感觉只是普通拿铁里加了橘子糖浆，味道上就既要又要，没保护好橘子也没保护好咖啡。加上有之前真正的橘子味道衬托，咖啡的每一口便像对之前味道的背叛。此时小孙跑进院内，冲他们招手说，哥，姐，快出来，那俩人又换地儿了！

俩人疾步走出橘园上车。

陈亦奇突然想起刚才被他俩写了愿望的橘子，但橘子回到橘树里，橘树站回橘林里，全然找不到了，连是哪棵树都难以辨别。

陈亦奇怅然了三秒钟，迅速回到现实中。

人类一生主动被动地要去学习很多知识，划分学期，由易到难，循序渐进，花费之多，时间之巨，超过人生其他任何事情。

可关于爱和被爱，竟连一节课都没安排。

8.

景区不小，周边是海岛景象，礁石林立，惊涛拍岸，海鸥绕着断崖翻飞。中心则是这个"套娃"瀑布。看示意图可知，瀑布一共四个。

小孙介绍说，夏天雨水丰沛，水流顺山势而下一路延宕到山谷，形成四个落差不同的瀑布。人步入藏于山崖的石径，便可移步换景，饱览瀑布的姿态。最后一个水势最大，蔚为壮观。可惜现在正逢枯水期，地面上这个"第一瀑"只能看到细弱的水流，说是瀑布都有点儿勉为其难。

没有游客，坚持出摊的只有韩国阿姆尼，看起来更像是打发时间，摊车上摆着水果，锅内冒着热气，煮着海螺，旁边也有新鲜的海参鱿鱼，数量不多，配有照片，是海女装扮的女人们在海面上笑得灿烂，算是说明。

宋春风看着好生感慨，跟小孙说，我要在这边，肯定在干这个。

小孙说，姐，您可吃不了这个苦。

宋春风看一眼陈亦奇，似乎他知道她的详情和来处，但也没再争辩，故事太长了。

像为了摆脱什么，宋春风突然变得好有兴致，说来都来了咱们下去把这二三四瀑都看看。

陈亦奇忙说这景区不似那橘子园，四面开阔，万一曹志朋来了，怕是连个人影都撞不见，要玩你们自己去玩，我在这里守着。

宋春风说也好，反正你脚也不行，我可以拍照发给你看。宋春风和小孙下车边走边叽叽咕咕地说话。小孙回头看了眼陈亦奇，再回过头去应和宋春风。陈亦奇看着他俩的背影，有什么被突然放入脑中般，刚才那树挂和橘子园，怎么都不大像曹志朋的选择，倒像是宋春风做的安排。

这念头一旦产生，心中便像塞了只幼鸟，脚不断扒拉，黄嘴还一通乱啄。陈亦奇哪还站得住，关上车门，疾步跟着他俩下去。听到脚步声，宋春风回过头来，嬉皮笑脸地问，后悔了？

第一瀑到第二瀑间山势落差很大，三人顺着长满青苔的石头小径逐级而下，扶住栏杆也觉得吃力，加上旁边怪石嶙峋，得时刻小心不要碰到头，脚下石头台阶更是又湿又滑，还高度不一。慢点走，小孙叮嘱说，大家扶好栏杆。

几个弯下来，虽然只有几十级台阶，三人已经气喘吁吁。刚才那景点是曹志朋选的吗？还是我又上了你的当？陈亦奇最终还是问出了口。

宋春风却似没听见，根本不理他，继续往下走。

我问你呢！宋春风仍是不理，脚下不停。瀑布声由小变大，第二瀑出现，水势正在变大。陈亦奇见宋春风不说话，想着自己该是猜中了，不免觉得窝火。想想这之前已经多少次了？每次都是她自作主张，自己蒙在鼓里！关键你还发着烧！想起她吃着退烧药还玩兴这么大，陈亦奇更加义正词严。

宋春风笑了笑，继续向下，水汽变得更大。小孙恨不得隐形遁开，试图打破僵局，自问自答说，马上到了，你们听见第四瀑的水声了吗？对，就是它的声音。

陈亦奇疾走几步，挡住宋春风去路，更加气喘，现在这个曹志朋到底会不会来？陈亦奇想到这些行程可能都是无中生有，人就有点儿应激。

宋春风戴着墨镜，看不出眼神，表情接近于没有，用手拨开他，抬腿继续向下走。他站定了，拦住她的去路。

水声变得更大，第三瀑攒着气力，水流砸在崖下巨石上，腾起更大的水汽，阳光里生出一门彩虹来。压住那水声，宋春风摘下墨镜来，认真地看着陈亦奇，目光如炬，她说话变得一字一句，像往深潭里扔石头，她说，陈亦奇，什么时候你真的相信别人了，你才能真的相信自己！说罢转身，自己到瀑布前让小孙给她拍照去了。

她肯定是不发烧了，头纱被她解下来，拿在手里在风中甩。她的笑声和那些水花一样，撞击在岩石上，四散而去。她像更老的她，也像更年轻的她，忧虑的和明朗的都是她，由着她选。

陈亦奇站在原地，心中略有安慰，好在她没再骗他。不过刚才这句话不轻不重地，砸在他心中某处。他想反驳的是，我不信任别人吗？我是太容易轻信好不好。当然，他认为生活中只有不同立场，并没有真的骗子和坏人。在曹志朋事发前，自己从未怀疑过他任何，包括宋春风，她说的任何自己都是信的，怎么变成不相信别人？

拍完照，宋春风和小孙绕开陈亦奇，继续向下走，听声音那第四瀑就在下边了。

转弯处，宋春风突然猫下腰，连带按住身旁小孙的后脑勺，俩人几乎匍匐下来。陈亦奇见俩人姿态怪异，疾步跟上，在他们之上，伸头出去。他目光越过怪石，看到瀑布的栏杆前，笑着拍照的不是别人，是曹志朋。给他拍照的，想来便是那个喜欢魔人布欧的矮胖司机阿杰。他们应该是停在了别的停车场，和宋春风他们一行有几分钟时间差，所以没碰上。

陈亦奇的心脏如鼓擂响，全身的血瞬间冲到头上。来不及多想，人已经冲了过去。

曹志朋昨天已被惊吓过一次，疯女人在黑黢黢的楼道里穿着浴袍追自己的场景本还历历在目，现在又看到陈亦奇从天而降，愣了下，险些叫出声来，他骂一声，转身就逃。

陈亦奇脚虽不利落，但下山有点势能，曹志朋人呆了下，反应就慢了半步，现在被他撞个正着，俩人倒在地上。

曹志朋护住双肩包，伸手要推开他。陈亦奇一时间又激动又生气，复制了之前在海滩的经验，冲着他腮帮子就是一拳。他想骂句什么，却只憋出一句开赛集（狗崽子）！

身后宋春风发出嘎嘎怪笑。

曹志朋"哎哟"一声，捂住下巴，这下打得着实不轻，他低估了陈亦奇和陈亦奇的愤怒。

情急之下，曹志朋膝盖一拱，正顶在陈亦奇胸腹之间的位置，陈亦奇瞬间呼吸不了，人翻落一边，张口闭口大力呼吸，但空气一点也进不来。

曹志朋捂住下巴抱紧背包，疾步向对面石径跑去。原来这景区有两条路通到崖底。刚才陈亦奇他们选的是旧道，距离近但曲折细瘦难走。现在曹志朋跑上去的路则在山崖的另一侧，是为了景区扩张新建的，坡缓且路宽，台阶也在阳面，能晒到太阳，不似刚才那般湿滑。

曹志朋忙乱里不忘调整双肩包到身后，手脚并用，人已和陈亦奇拉开二十米距离。

陈亦奇捂住肚子，又急又气，喉间发出哨音，终于吸了口空气进来，人也恢复清醒，赶紧起身跟上。

身后一片混乱。从陈亦奇身旁跑过向上攀爬的先是小孙，擦着耳朵随他呼啸而来的是只保温杯，现在摔在台阶上，又骨碌碌向下滚去。陈亦奇回身看一眼，是那胖子阿杰怒气冲冲地追上来，对着小孙背影大骂难怪今天你小子老问我在哪里！紧跟在他身后的则是手里挥舞着围巾当武器的宋春风，那围巾虎虎生风，几乎要抽到阿杰的头上。

你凶什么凶？助纣为虐！狗崽子！宋春风在骂。

陈亦奇顾不了这许多，索性也学曹志朋那样手脚并用，速度果然快了不少。但这毕竟是上山，台阶又多,体力消耗很大,一会儿人便上气不接下气。

曹志朋没快多少,但还是早他几步到达路的终点,向右一拐,隐入矮树丛中,在他视线中消失了。陈亦奇心中焦急,所有力气全用在那条好腿上,终于也到了石径尽头。

右拐之后,前方豁然开朗。那棵不知名的树没有叶子,开满红花,树下尽是落花,像昨夜刚放过鞭炮,满地红色碎屑中是半蹲半站着的曹志朋,双手压在膝上,正在大口喘气。听到陈亦奇追过来,他直起身来就跑,说是跑,也像快走,姿态相当滑稽。那双肩包现在成了他的负担,要将他重心生生拽到后边来,他调整了下背带,有些慌不择路。左边是停车场,右边是一座白桥。曹志朋看也没看,向右急转过去。

可那桥,怎么看起来如此阴森?

冬日下午,单独是桥这块的光被什么收走了,没有温度。

目之所及,远方是雾气占满五分之一天空的大海,界限并不分明。近些,是隐没于林间的青白色别墅边角。更近这边,桥下的山们被正休养生息的树木们涂成墨色，其间点缀的那些灰色部分，是对气温敏感的那些，已然落尽叶子，唯留枝干。不分季节绿着的唯有桥头的松树，姿态抖擞得有点假。一旦搭配这白桥，整体氛围便诡异起来。

白桥桥身窄长，宽仅三米，长却百余米，细细瘦瘦地横跨在山涧之上，显得无依无凭。两侧是白色的玉石栏杆，如果仅是如此，倒有几分古意。偏偏设计者在白栏杆中间安插了数十座高出栏杆不少的灰白色莲花亭，如此一来，桥就变成灰白相间的，极不协调，甚至透出某种莫名的恐怖气息。

曹志朋不假思索跑上这桥，陈亦奇本想跟上，山涧里一阵风打在他脸上，将刚才跑出的那层白毛汗一把掠走，他向更近处的桥下看了一眼，不由倒吸了一口冷气，脚下一软，险些坐在地上。

桥下是河谷，在枯水期露出虬龙般的本相。

河底裂开，乱牙般长满怪石，参差不齐，石缝里的枯草乱七八糟，堤边上有矮树，没有叶子。由上向下俯瞰，树枝们像从地底伸出的灰色怪手，祈雨般地冲着高处的人们哀号讨要着什么。那河谷似张扁嘴，吸引人不断看过去，诱惑着人们，似乎在说，跳下来吧，投入我的怀抱。

桥到河谷高达五六十米，有二三十层楼的高度，因为桥体过于窄瘦，看起来比实际上更高，令人眩晕。若在中国，这高耸入云的桥定会贴满提醒，旁边加铸防护栏。在这里，却大剌剌的什么防护都没做，就这么单摆浮搁着。

陈亦奇本就恐高，这一看，嗓子更被堵住了似的，一时发不出声音。曹志朋人已跑到了桥中央的最高处，全然没了力气，现在手扶着栏杆，对着陈亦奇大叫说，你别过来！

陈亦奇哪敢过去？此刻正半跪半走挪到桥头正中间去，打定主意不再靠近两侧栏杆。曹志朋以为他要追过来，再挪动几步。

陈亦奇终于喊出声来，喂，曹志朋，你干吗？曹志朋面如死灰，大口喘着，终于吞了几口氧气，抽空对着他说，你干吗逼我？

陈亦奇说，我逼你？你真是……他找不到合适的词，人向曹志朋走了一步，终于跨到桥上。

桥身似晃了几晃，让他有点儿站立不稳。当然是错觉。曹志朋怒吼一声，你别他妈过来！人直接翻过栏杆，站到了桥的外侧。一切发生得太快，陈亦奇来不及阻止，他人已经在两个灰色莲花亭中间了，看起来相当不吉利。

山谷的风似乎在逗弄他，从下向上掀开了他的米色风衣，兜住他身上的双肩背包，衣角猎猎响着，让人误以为他下一秒就会掉下去了。

陈亦奇莫名想起刚才来时路上那被轧过的扁平的狗，虽然隔得老远，人又在车内，但似乎还是嗅到了什么味道。现在他终于明白，那是一种死亡的气息，和现在一样。

这桥怪得很，桥上连光都没有。

陈亦奇喊了声别冲动，我不逼你，你快回来。曹志朋却越来越激动，说，你别管我了，我这个号算是练废了。

曹志朋，你神经病吧？！陈亦奇禁不住大喊。

曹志朋看着他，眼睛里有几分不舍，然后他松了一只手，转过身去，身体一拧，现在他人背对着桥，面前就是那噬人的河谷了。

曹志朋全然不在乎那高度，嘴里念念有词说，也就是一下的事儿，一下的事儿。他不再理陈亦奇，人似乎已经收到了河谷的召唤。陈亦奇此刻脑中一片空白，血在太阳穴上汩汩敲着，口腔里疯狂分泌着唾液，一时不知该怎么办。

一条围巾，就这样迎风招展着飞了起来，正冲向曹志朋，让他脚下一滑，他人晃了一下，险些跌落下去，迅速地抓紧了栏杆。

围巾是宋春风的。

陈亦奇回头看去，不知什么时候，宋春风、小孙和阿杰都已到了桥头。

都别动！陈亦奇厉声说。那桥现在像是单手的两只手指尖轻轻捏住了曹志朋，稍有不慎，他人便似血包般跌入河谷里，连声音都不会发出。

你有事儿好好说嘛！陈亦奇声音颤抖，像是商量，更像是哀求。

曹志朋回头看他一眼，人又转回河谷那边，说，我没什么好说的。兄弟，你放过我吧，我也要放过我，反正就是一下的事儿。

放你的狗屁！宋春风就那么施施然走上桥，站到了曹志朋身后，骂了一句。

风竟拿她的爆炸头没办法，曹志朋也一样。看着她突然近身，一时不知道怎么办。那感觉像极了牌桌上，对家牌风太诡异，输赢反倒显得不重要，只是很想了解对方是怎么想的。现场所有人都被她吓坏了，焦点一下掉转过来，如同现在最需要营救的人是她一般。

宋春风不管这些，人站在桥中央，抽空将墨镜摘了，插在两鬓上，当发卡用，她两眼圆睁，瞪着曹志朋的后背，接着骂，你跳啊，今天你不跳你是孙子！

陈亦奇头"嗡"的一声，知道她擅长发疯，但没想到这场面不仅没吓住她，还激发了她的斗志。

曹志朋一愣，瞬间被问题拉回现场，想起自己正在生死边缘做抉择，被人如此置喙，悲痛一时全没了，变为愤怒。

你他妈谁啊你！我跟我兄弟的事儿跟你有个毛关系？曹志朋想起来了，昨天穿着浴袍玩命追自己的也是这女的。

兄弟？你真当他是兄弟？能干那么不顾及他的事儿？现在还能说出要跳下去这种话？你这巨婴不配有兄弟，要死自己死！指望谁心疼谁羞愧谁在意吗？

宋春风说话像切瓜砍菜，干净利落。这会儿扭头看向陈亦奇，说，陈亦奇，以后当别人兄弟要慎重，那些滥赌的，吸毒的，喝酒的，纵欲无度不自爱的，不要跟他们做朋友。酒后驾车也不行，知道为什么吗？仨站在桥头的男的，万万没想到她这个时候还提了个问题，一时转不过弯，不知如何作答。好在宋春风也没指望他们回答，转过头，看着曹志朋，目光犀利，问，为什么呢？

曹志朋嘴角扯动下，差点回答不知道，妈的，险些中了这女人的圈套。

因为坏人也有好朋友，坏人死了好朋友也是会伤心的！回答完自己的问题，宋春风向前一步，脸上是更加好奇的表情，问，你到底跳还是不跳？

宋春风走得更近，伸手去掰曹志朋的手。

啊！这举动让陈亦奇叫出声来，别说你宋春风，就算你是个谈判专家你是个特警，能在这种情况下去刺激一个站在桥外的人吗？谁知她这么一闹，曹志朋被激起了求生欲，借她掰手的当口已经将身子转过来，现在人又面对桥了。

自己跳是一回事，被这女疯子推下去是另一回事！

桥下风继续呼呼吹着。宋春风继续骂，坏人们把事儿办完接受完惩罚再死好不好！别让好人给你们擦屁股。而且你知道吗？人是不会立刻死的。人死都是慢动作，你这么掉下去，身子得等着你的魂儿落地，死还没真死，疼却是真疼。四肢百骸都碎了，那是什么滋味儿？可怕的是你还有呼吸，大概五个来回，三十秒，每秒都是粉身碎骨的疼，每秒都跟你一辈子这么长！

曹志朋听蒙了，牢牢抱紧栏杆大叫，你神经病啊。陈亦奇再也看不下去，降低重心，爬似的闭眼冲上桥来，喊了一声：宋春风你别多管闲事！

宋春风嘎嘎怪笑，高声说，我看这王八蛋敢跳！

他就是吃定了你！这么高的地儿你个王八蛋别说跳，站都没站过！宋春风声音突然小了，像回忆这个不大容易，要认真地讲，一点点地讲。

她说，我站过！我比这个高的都站过，我水塔站过，四十五层的高层楼顶站过，烟囱也站过。通辽的大风天里，烟囱随风轻轻晃，像根金箍棒。是那种废弃的圆烟囱，下粗上细，往下看，什么都没有，人像是悬在空中的。

宋春风像人已站在那烟囱上了。她单手展开，头发在风里飞。

她接着说，天空是铁青色，大风将树叶子塑料袋卷在高空中，轻易不肯放下。人这时要闭紧嘴巴，不然风会拔开口子，到你胃里肠里一探究竟。

宋春风看着曹志朋，眼神森森地，上下牙里挤出接下来的话。

但不好跳，跳下去有可能正砸在底下的屋顶上，不用的窑顶上，废弃的机床架上，人四分五裂，肠子挂满好几个平方米。对了，有人在空中后悔了，拼了命要抓住什么，但空中什么都没有，借着风力凑巧碰到烟囱的,手就在那烟囱壁上狂抓,速度太快,掉下去还是死了,手指头却一个都不剩。人总是和自己做对抗的,人心想死,身体却还是想活着。

曹志朋吓坏了,胖脸抖动了下,舔下嘴唇,咽口唾沫。趁着他愣神这一个工夫,宋春风一把薅住了曹志朋的双肩包背带,另一只手无处借力,只好抓住他头发。曹志朋脚下一个打滑,人顺着桥往下出溜,一只鞋迅速脱了脚,伴着阿杰和小孙的叫声,那鞋转着圈掉到河谷里去了,确实一点儿声音都没有。

还不快来帮忙! 宋春风大喊。

陈亦奇冲过去,小孙和阿杰紧随其后,四个人八双手也不管揪哪里了,直接把杀猪般号叫的曹志朋从桥那边拽过来,摔在桥面上。陈亦奇不会打架,但还是拳头脚膝盖手肘对着曹志朋乱打了一阵,所有人瞬间都精疲力竭了,连曹志朋都昏倒般的没了声息,有力气的只剩下风。

只剩下风,风发出啸叫,像没出事(这些所有事)之前那天家里的窗户发出的。对,像一个人在学吹口哨,又老学不会,只能发出"去去"声。

是的,风总能钻到人从来不知道的破洞里、窗户里、墙缝里、羽绒服里、口腔里、坏牙齿里,让人知道什么地方坏了,给你机会修补。

只有风知道。

现在天蓝得像洗过,上边什么都没有,时间丧失了意义。陈亦奇任自己这么躺着。他到底还是让宋春风失望了,他的特长,所以他接受那些失望的人最终背转身离他而去。

宋春风对小孙说我们走,阿杰你去停车场等着他俩下来,下来一个也好,俩也行,太阳落山前一个都不下来,你就报警,报完警自己走。她像所有人的上级、能讲明白事情的甲方、一个没耐心的好心眼的神,但她看也没再看陈亦奇一眼,走了。想来刚才那句"多管闲事"伤了她的心。

旁边的曹志朋现在不动了,跑是跑不了(只有一只鞋),应该活着,虽然死了更好。陈亦奇终于喘完了气,说,我累了,曹志朋,你要死就死,要想继续活着,现在就跟我下山。他真累了,不想再多说一句。

曹志朋终于发出了声音,只有向外吐的气,然后呜呜呜哭了起来，一发不可收，转而变成号啕大哭。他像刚呱呱坠地，被重新生了一遍，人非常委屈。

冬天落日时间早，现在夕阳斜向了山林，白桥弓着腰，背上驮着他俩，太阳光不再强烈，血红的，上头敷衍了事地撒了一层金粉，像故事已经结束了一样。

这桥面好凉。

路上，曹志朋一直没说话，直直看着窗外。中间路过超市，陈亦奇让阿杰下去给他买了双棉拖鞋换上，曹志朋跟个弱智老头似的，依旧没有反应。

无处可去，阿杰憋了半天，说那就带你们去曹哥本来要去吃的那家餐厅吧。陈亦奇说行。曹志朋不置可否，抱紧双肩包，表情如同婴孩，人肉身还在的，但魂儿不知去了何方，没跟着下来。

那桥真是邪门，人站在上边，就想往下跳。

拧开一瓶真露，倒了一杯一口喝下去后。曹志朋魂似乎回来了，跟陈亦奇说了第一句话，像是对刚才一系列荒谬行为的解释。

陈亦奇没喝酒，期待曹志朋有更多的解释。他却开始介绍这家店里的特色。说，你尝尝这带鱼刺身，新鲜，不腥，能生吃的部分很少，摆盘跟西餐似的，精致。整条的要和鲍鱼海参八爪鱼煨在一起，汤非常鲜美，注意是煨不是炖。他看一眼陈亦奇，迅速挪开目光，继续背课文。

知道自己理亏吧？陈亦奇内心暗骂。

服务员端上来窄长的炭火炉，冒着热气，里头带鱼做底，配上了青红椒白萝卜，当然也放了韩式辣酱，汤是红的。上边搁了贝类，一被烤便悉数盛开，花一般美美地死掉了。反应更大的是八爪鱼，触手疯狂扭动，慌乱无措，简直能听到它们的尖叫。

人类真是，曹志朋叹息一声，说，你知道吗陈亦奇，章鱼有九个大脑，贼聪明，智商跟三岁小孩差不多，它们喜欢独居，还会发脾气。章鱼能分辨出镜子里的是自己，有自我意识。它们就是活得短，身高矮，加上是软体动物，没有脊柱，不然指定能统治人类。哈哈，它们甚至会使用工具，会用石子敲开贝壳，这几乎比大部分的猴子都聪明，现在却变成美食了。

曹志朋叹息，话像蛋壳被敲碎般，蛋液黏稠流出，不分段落。他说着，用筷子将那几只章鱼压入沸了的汤底里。

陈亦奇躲开视线，曹志朋身边还放着那双肩包，看起来沉甸甸的，不知道里边是什么，或许是现金，不然不能总不离身。

曹志朋看带鱼刺身上来，让陈亦奇赶紧尝尝，自己只喝酒，接着说废话，絮絮叨叨。他说最近老看些动物纪录片，内心老受震撼了。

知道吗？燕子，就是普通家燕，每年不是都到南方过冬？你知道它们去的哪里？不是南方，是南非，要飞两三个月，中间不落地，说是因为它们的脚没进化好，落地了就不能再起飞。那不是张国荣还是金城武演的那个么，无脚鸟吗？燕子能活十三到十五年，每年折腾这么一趟。牛×。

还有知了，地下当幼虫当好久，五年七年十三年十七年不等，钻出来变出翅膀，哇啦哇啦叫俩礼拜谈个恋爱交配完直接死了。挺有意思是不是？但有意义吗？没什么意义。不过这些听起来是不是比人带劲儿多了？人，两头痛苦，中间痛苦，一直痛苦。

曹志朋又要倒酒，被陈亦奇按住了。从他手里抢过酒瓶，陈亦奇给自己倒了一杯，也一口吞下。火烧火燎的，从嗓子眼儿到胃里，一点也不好喝，但似乎让人振奋。

你到底怎么回事？陈亦奇终于问出最想知道的问题。曹志朋看他一眼，笑，接着说他自己的。

我们活得还不如这些鸟啊知了啊章鱼呢。它们由本能支配，本能生存。我们忘了本能了……

陈亦奇"啪"地拍桌子，那些不锈钢筷子勺子碗跟着跳了下，发出细碎声响。你到底说不说？他很少发火，基本不发。曹志朋被他这一拍吓了一跳，不是惊吓，是震惊。那么平静斯文的陈亦奇，现在太阳穴旁暴着一根青筋，和眉间"川"字遥相呼应，显出几分凶恶来了。

周围食客看过来，他似乎得了宋春风的真传，低声骂了一声开赛集（狗崽子）。那些目光也就都碰了壁，缩回他们自己的世界里去了。

曹志朋急于补充下一个知识说，你知道昆虫为什么会进化出蛹这种看起来脆弱的方式保护自己吗？

250

是因为翅膀什么的要一次成型……

陈亦奇见他又不说真话，刚想发作，他却突然开始新的话题。

你呛过海水吗？又腥又咸又臭，那里头是海粪和泥汤，但你呛了，不能吐，不然还会再呛。

我老家烟台的你知道的，我们那盛产海鲜。我家之前挺好，但我爸退休前被查了，挺不愉快，人倒没事儿，但家就搬出单位大院了，老两口在海边住。他斗争失败了，这我没跟你说过。

海肠你知道是啥吗？一种挺恶心的东西。这么长，可以做馅儿包饺子，也可以炒，筋道，一道好菜。

2022年海肠火了。火的是怎么捞这个，抖音里有视频说一夜暴富不是梦，大海是提款机，海肠就是现金。

这玩意五六十块钱一斤，下海拖一网能拖几百斤，能赚一万。又有人传说谁谁全家上阵半晚上捞了十万，谁谁两个月捞几百万。海肠像大号的蚯蚓，平时埋在沙子深处，只有冬天连续刮大风的时候好抓，那海浪翻地似的，把它们掀出来了。

温度低，海肠的活性就低，跑得慢，所以好抓，人站在海滩上，一网下去，就有收获。每年冬天海肠都会大批出现，但没人知道海肠会被冲到哪里，所以能不能捞到全凭运气。人们捞红眼了。都去。我爸妈那天也去了。

去年正月十三，龙王生日，我们那儿是祭海祈祷平安的日子。

晚上，那片海变成金矿，像白天一样亮闪闪的，海面上全是那些人的头灯，像海上漂浮着的发光的水母。其实，那就是一帮赌徒以身作饵，和大海赌一把，一翻一瞪眼。大海坐庄，厉害的庄家是不看输赢的。当地媒体提醒说，捞海肠有风险，因为人要站到海里去，水有齐腰深或者更深，能把人一下子卷走。但没有人信，人总是不信自己没遭遇过的危险，对自己特别自信。

刚我说了，人把本能进化掉了，方便开拓和发展，所以也容易死。那天晚上，死了十三个人，我爸我妈就在里头。

曹志朋再喝下一杯。你吃带鱼啊，我现在不吃海鲜。他语气平静，像讲别人的事儿。

去年我过完年不是不在公司一段时间，就是处理这事儿，没告诉你，我不好意思说，觉得怎么自己的爹妈能犯这种傻。

陈亦奇哪有心思吃东西，突然想起去年开年后，确实曹志朋说要出门几天，还笑着说自己是错峰休假。他看起来心情不错，陈亦奇也就没有起疑。现在终于确认了，自己确实对曹志朋不了解，别说关心了，连基础情况都不清楚。难怪今年几次大假，曹志朋都说出去玩，说父母不需要我陪。

曹志朋再喝一杯，眼光看向别处，说，我真恨他俩，回去下葬，当工作一般，不哭也不跪。我小妹问我，哥，那墓地什么的咋办，咱爸倒是说过，百年之后要给他俩一起撒海里，要是不能死在一个时间段，就让另一个人岸上等等。我说现在倒是不用等了，但具体怎么操作没想好，我跟我小妹说，先在殡仪馆放着，等我做好计划再说。办完所有事儿我抓紧回来，想忘了这事儿，但总忘不了。

小妹没有见到他们，我见到了，那么冷的天气，怎么能下水哦？衣服是租的，里头套着毛裤绒裤，透进去水，好难扒下来。

我睡不着觉。每天醒着。打个盹，总听到大海的声儿，爸妈在里头挣扎，喘不过气，人就又醒过来了，再也无法睡着，越来越紧张，心脏狂跳，呼吸越来越困难。我去查过，说是呼碱，恐慌症。

我这一年，就怕晚上。晚上这世界就没有别人在，只有我。然后我就喝酒，边喝边想，想确认下这事儿是不是真实发生了，我老觉得他们还在，只是不再联系我。

人喝多了，有时候并不知道自己醉了，我就想，那是不是醒着的人其实不知道自己醒着？

我酒越喝越多。靠这个劲儿，能睡俩小时。我知道我喝酒成瘾了，得戒。心理医生说，成瘾行为都是因为持久的痛苦。我不承认我痛苦，我有什么痛苦的呢？我找各种方法，都不行。有个音乐疗法我也试过，哭得很厉害，但我没睡着，我只能假装我睡着了，闭着眼睛而已。

我们那儿的规矩，家里老了人，要隔三岔五烧纸，一三五七的这么烧下去，直到烧到四十九天，再到半年纸周年纸。

说起来这事儿挺科学，就是让你一步步接受现实，知道死的人确实没了，活着的人要向前看。我都不回去，让我小妹代表。我不想理他们俩，我早跟他们说过，不要占任何小便宜，占小便宜吃大亏，除了儿子的钱别人的钱都要不得，他们不听。就是不听。

到五一，我还是回去了一次。小妹说得定骨灰存放的事儿，那边儿老催。她说自己打开了爸妈的手机，要导些照片出来，想留作纪念，但视频很多不见了，哥你也看看手机里有没有什么值得保存的。我这才想起自己微信里他们总会发些视频给我。什么我妈在包饺子啦，我爸在拉胡琴啦，俩人拉着音箱去海边唱戏什么的。他们真爱拍视频，不像我们，照片都懒得拍。他们什么都拍，小区里桃花开了也拍，下大雪了也拍。每段还都特别长，我平时懒得点开看。那次——打开了，更早之前的已经无法保存，日期临近的这些还可以，我边看边存，价值也不算高。其中一段，是我爸跟我妈在弄网，俩人闲聊。我爸说，咱们就是挣个旅游费，挣完了，五一咱们高低要再去济州岛玩一圈，反正也不用签证啥的，怎么都方便。我妈说，要是志朋有空，也带上他，你请客。我爸说，对，我请客。他嘿嘿笑，像这事儿他已经做成了似的。那天是我第一次为他俩哭，眼泪止不住。老天待我不薄，像知道他们欠我个解释似的，要变着法地告诉我，让我原谅他们。

后来我想起，早前我大学毕业，小妹高中毕业时，我们一家四口来这过的暑假，那算是全家唯一的一次出国游，还是跟团。他俩老是念起，说那边海美，山崖也漂亮，海鲜也好吃。我总跟他俩抬杠，说远香近臭，明明都差不多，甚至不如我们老家。济州岛我也印象不深了，只记得当时被人赶着走行程。他们俩也不争辩。我爸那么犟的一个人，服过谁呢。现在想想，他们怀念的该是那时候年轻的自己，可以大吃大喝大笑的日子，跟这岛上的风景没关系。

我跟小妹说容我再想想，看看给爸妈安放在哪里。第二天人就到了济州岛。我没有计划，一通乱走。也跟现在似的，风贼大。到晚上，怕睡不着，我就来赌场耍，不敢多玩，玩老虎机，十一点半到十二点半，赢了一百一十万，韩币。回到酒店，我竟然困了，睡得很好。第二天，继续，我去赌场，回来就睡得很好。

人回北京，一切又变成之前的样子。晚上睡不着，总想喝酒。这之后，我总趁着周末跑来这里，奇怪的是，我也不输钱，就是之前赢的，总输进去，再赢回来，手里总剩下一百一十万。直到前段时间，我开始不断地输，像命运突然发现我这漏网之鱼，要把运气收回去了，然后我又开始失眠，我再也没赢过。所以……

见俩人老说话不吃带鱼锅眼看要煳，服务员急了，拿大剪子过来，帮着把带鱼剪开，鲍鱼、章鱼也按分量分开，用夹子夹到俩人面前。陈亦奇借机整理下思绪，曹志朋一时讲得太多，让他难以消化。加上他中间没有留空，也没来得及表达一下自己对他爸妈事情的态度。自己的这个合伙人，无异于一个陌生人，不光不知道他睡不着觉，也不知道他为什么睡不着，他后边不断地消失，不在公司甚至不在中国，背对着曹志朋的他一概不知。

服务员打断了关键的信息，所以什么呢？所以，这是我最后一次来，不管怎样，我也给自己个交代，是活是死，算个结局。当然还得办个大事，今天没办成。

什么？陈亦奇问。曹志朋脸色暗下来，拉开了自己的双肩包，里边露出两个被气泡膜纸密密匝匝缠紧的圆东西。什么？陈亦奇迟疑了下，不想往那方面想。曹志朋却抻开了气泡膜纸包裹的一角，露出里边白里透青的罐子。曹志朋敲了敲那罐体，跟陈亦奇说，给我爸妈找个好地儿。陈亦奇不禁惊出一身冷汗来，却原来，他一直紧紧背在身上的，是他爸妈的骨灰。

故事进展到这，已然进退维谷。曹志朋到底是说了实情，前因后果描述得合情合理，自己全然没有错的样子，但真的如此吗？陈亦奇一时丧失了思考能力，说不出半句话来。

唰的一声，曹志朋把双肩包的拉链拉上了，从左至右，绵长的声响，像关闭了一个窗口，他说，我去上个厕所。他没拿包。陈亦奇知道这东西多重要，他断然不敢不拿，也就放心让他去，自己正好整理下思绪。

他和那双肩背包面对面坐着，像曹志朋未曾谋面的父母就坐在那里，俩人都湿漉漉的，目光如洞，没有呼吸。他们就这样看着他，本是无所求的，但看得太久了，生出殷切和期盼来。陈亦奇躲开目光，感到愧疚，就又喝一杯，再看过去，座上也就只是个普通黑色双肩背包而已。

半个小时过去了，不见曹志朋回来，陈亦奇心头雷声渐起，到门口看一下，别说曹志朋了，阿杰和车也都不知去向。

下雪了，陈亦奇抬头看了看天，有零星雪花正落下来。他没有惊慌，坐回店里去，对着那只双肩背包，把剩下的半瓶真露喝掉了，头开始发烫发晕，他突然不怪自己了。

9.

雪下得真好看，主要是从容，落地能留住，在身上头发上都不化，甚至还能在指尖上做短暂停留，能看到清晰的六角冰晶，没一点儿偷工减料。

北京的雪总急匆匆的，下雪就是下雪，次日恢复干燥，像什么都没有发生，和那个城市里的人一样，没什么服务意识，不搞氛围，不煽情，不愿讨好任何人。

这里的雪不同，不着急，慢悠悠地，像跳舞，让人也想跟着跳。路灯形成的硕大的花洒一般的光晕里，雪正簌簌而下。

按说没有任何快乐的理由，人却莫名地想笑，这么说来，酒真神奇。合法，易得，有损健康，但让人快乐。陈亦奇站在这花洒下边转圈，空气很凉，却不冷，身体竟有一种透彻的清爽，像所有脏东西都被排出体外了，整个人变得轻盈，一切都变得不再重要。年末的心慌、曹志朋的消失和再度消失、自己和女友的纠葛及后续发展、宋春风的突然出现以及现在的状况，甚至自己下一步该怎么办都变得不再重要。

陈亦奇觉得自己被万物抛下了，就顺手抛下了万物，反正这雪又不嫌他。他转到晕得不行，人终于倒在了地上，不忘把双肩包轻轻放在一边，他真是个醉了也知道深浅的克制的人，他由衷赞叹自己。

现在他仰面躺着，是个满分的醉汉。雪在他的脸上起舞，落在他睫毛上眉骨上鼻梁上鼻尖上唇峰上，形成山岚。他嘟起嘴来吹气，伸手抓向天空，人要融入这一片白茫茫之中去，身体也跟着融化掉，就此消失不见，成为这雪夜里的一部分。

余光里，有汽车大灯照了过来，比雪还亮，他眼睛眯起，变成两条细长的线，他笑了笑，像那大灯在故意逗弄他，现在他人要躲到双肩包的阴影里去了。

汽车停下来，电动门应声开了，是一个女人的声音,拉他起来!

来拉他的人声音很粗,笑着说,哥。咋回事呢?

陈亦奇坚决不起,愣是要拉来人躺下,说小孙你只要换个视角,生活就轻松不少。

小孙摇头说,哥,地上凉,多拔得慌。

小孙。陈亦奇大笑起来,说,拔得慌,拔得慌?拔哪里了?拔萝卜,我就是个萝卜,快拔我起来。陈亦奇笑得直不起腰,女人过来帮忙,陈亦奇人被萝卜般拔起来,努力对焦看到了扶起自己的人,是宋春风。

欸,你不是生气了么,怎么回来了?春风吹又回啊?

陈亦奇一路在笑,不停问问题,主要是提问,并不在乎回答。他问小孙怎么找到了自己,怎么自己就那么好找?怎么自己找别人就那么难?雪怎么那么好,让人冷静,可又想在这样的天气里狂奔。《水浒传》里宋江夜奔就这天,斗笠上红斗篷上都是雪,欸?到底是红斗篷还是白斗篷?《射雕英雄传》里杨铁心死那天也是这天。大雪天。韩剧里都是这种天。爱情片，人们总在下雪的时候想到彼此，在雪里向对方狂奔，怎么可能哈哈哈，韩国那么小？跑都能跑到？不过我们现在就在韩国啊。现在我们去哪儿？小孙试着回答了几个，宋江还行，杨铁心他不认识，韩剧他很少看，于是不再言语。宋春风像被开了静音键，任他说着笑着，就是不回一句。她更理解这个世界和醉汉。势必她自己都经历过了，才会如此宽容。

陈亦奇笑个不停，到车停了，第一时间背着双肩包跳下车，脚下却一软，才知道踩的是沙子，脚底没有预期，人顺势伏在地面上，倒也不疼。

陈亦奇抬眼看，发现车已经停在了海滩上，雪还在下，前方有海浪声，空气带着咸腥味儿。这里本没有光，现在被车灯打亮了，形成一道金白色的毯，引人踩着它走到海里去。周围极黑，车外的天空、海、陆地被涂抹成一团，雪在墨色里隐了身，到光里突然出现。于是车灯变成了造雪机，光束里雪被喷射向海面，白色浪花如舌般贪婪地舔舐着雪们，不知疲倦。

陈亦奇跳在车灯前，看到自己的枯瘦影子瞬间狭长地铺满整个沙滩，他更开心了，手舞足蹈，原始人类一般，这酒劲儿真是不小，他心里知道，身体就是停不下来。

一声什么响，震得陈亦奇缩紧脖子。有东西被喷射到天空中，后边连带无数声，争先恐后地，无数的光球带着哨音，升上天空，拖尾形成一条条金色绳索，再炸裂开来，幻化为各种滚烫的花色，金的、橙的、黄的、红的。是烟花，雪中的烟花顺带着将空中的雪花点亮了，无数的它们互相辉映着，又消失了，像无声的尖叫。

陈亦奇循声望去，真正的尖叫声来自宋春风，低吼声来自小孙，一高一低合唱般的两位，脸被面前的烟花筒照亮了。

是加特林，人手两支，夹于肋间，宋春风边叫边摇摆着枪头，突然压低下来，冲向了陈亦奇。陈亦奇双手护住自己的脑袋，酒醒了三分之一。

疯女人，喂！

那加特林烟花里的火球速度极快，已在他身边两米处炸裂，形成一个火圈，他跳得更厉害了，脖子头手脚整个身体像绳子绞在一起的吊线木偶，全不在该在的地方。

疯女人在笑,比烟花声音还大,那火球又压低一些,在他脚边炸裂,他叫出声来。

宋春风!

宋春风说你终于认出我了?

小孙还是声如滚雷一般,说,哥,你别往远处跑啊,往这里来。

谢谢姜文姜武的提醒,确实是这个道理。陈亦奇手脚并用冲到他们俩的位置,才发觉自己还是笑着的,只是这笑声陌生,这笑声穿行在冰冻的空气里,和平时全然不同。然后他看到车的后备厢里,全是烟花,形状各异,五颜六色。

现在空气里全是硫黄的味道,蓝紫色的烟雾填满了整个沙滩。

他们的烟花筒口先对着天空,后来对着海浪,最后对着彼此。他们高喊着来吧,来吧,兴奋到字句一到喉间就变为音节,失去意义。

加特林里的烈焰成簇喷出,像暗夜幕布上的画笔。小孙唱起了帕瓦罗蒂的名作《我的太阳》,他轰隆隆的嗓音终于得以舒展，声音扶摇直上，到海面上去，烟花弹们簇簇升空，照亮了海面。

到把所有的加特林用完，三人开始集中精力对付矮的有造型的那些。他们肩膀抵着肩膀，头靠着头，某几个时刻因为目标一致而显得亲密无间。矮烟花们引信过慢，需要集体的耐心，它突然熄灭了一般，四周便陷入黑暗和静谧。他们小声议论时，烟花复又亮起，发出簇簇的声响，随后炸裂开来，姿态状态各有不同，有的喷泉般绵延不绝，有的一山高过一山，有的惊喜后还有惊喜，有的则叫声同身形一样令人失望，像还没有开始叙事，故事就陡然结束了，枉费了人的期待。

拜宋春风的贪心所赐（她包圆了烟花店全部存货），他们三个得以变回孩子，忘掉时间、年龄、痛苦、盼望，他们彼此是谁，这些关于人类的标签。烟花味让人放松，人的注意力只被允许关注眼前事物时，变得格外轻松。毕竟有很多需要注意的，要提防手指被燃烧过长时间的打火机灼伤，要小心确定引线的位置，防止烟花失去方向，要注意有些烟花最后本体会烧起来，形成一个小型火堆，到死方尽，状如报恩。

整个燃放过程有三十分钟还是四十分钟？或者更长的时间，反正最后三人都精疲力竭，喘着粗气倒在沙滩上休息，且姿势几乎相同——双肘撑起上半身，隔绝地上的雪和寒气。他们此时没有任何差别，像同个护士站的新生儿、约好逃课的同学、广场舞结束后突然意识到身体各处又开始疼痛的老人，然后同样姿态的他们看向同样的天空，云层很厚，空中除了雪什么都没有，海滩刚才是他们的，味道散尽前也还是，在记忆里，这里将永远归属他们三人。

小孙张口接雪，将它们吞掉，说，姐雪是甜的。他还在兴奋的余波里。

宋春风试了试，说，真的！又加强语气，怎么那么甜！

陈亦奇知道他们又在骗他，闭紧嘴巴，没有接话。心脏还在突突狂跳，刚才这一跑动，酒劲儿散了一大半，剩下的那一小半却像掉入布袋里的老鼠，正在身体各处乱窜，一会儿到胃里顶顶，一会儿又到心头挠挠，现在到太阳穴上敲，咚咚咚咚。

陈亦奇，雪真的是甜的。

宋春风见他不上当，笑着叫他，求他共鸣。

陈亦奇不胜感激，却压根顾不上跟她说话，闭上眼睛，听着自己的血流声，默默数数，尽力让自己平复。

这一切于一潭死水般生活的他来说太超过了。醉酒、雪天、海滩、烟花，无一不让人兴奋，何况全部叠加起来。

上次这么开心是什么时候？陈亦奇缓缓吐气，心里感慨，要不是浑蛋曹志朋，也就没有这趟无中生有的奇旅，自己也断然不会此刻坐在海滩上。当然，如果不是因为从天而降的宋春风，自己也不会有机会窥看自己看似规范其实充满漏洞的人生，自己将自以为是地活下去。当务之急，是如何处理曹志朋的那个双肩包里的东西……

想到这里，他猛然睁开眼睛，有个声音在心头炸开——那双肩背包呢？最后一次见到它是什么时候？自己倒在雪地上之前？在车上是不是自己还抱着来着？记忆一片模糊。

陈亦奇猛地站起，踉踉跄跄冲向汽车，脚下炫起沙子，吓了小孙一跳。哥，你咋了？

陈亦奇没空搭理，踩到烟花遗骸，人险些摔倒，踉踉跄跄终于冲到车前。他拉开小孙 GL8 的车门，看后车座上，什么都没有，人再钻进去，看前座，什么都没有。他跳下车，到后备厢去看，里边除了半箱矿泉水什么都没有。

陈亦奇脑子"嗡"的一声，一片空白。他猛地回转过头，冲着那海滩上边的俩人连滚带爬地过去，他大口呼吸，状如僵尸，伸出手来，拉住小孙的衣领。

他声嘶力竭，又气若游丝。

他问，你们看见我的双肩背包了吗？身后的海浪有好奇心，正摩肩接踵地要挤上岸来看看。狂欢随着烟花气味的消失转瞬不见了。

陈亦奇瞳孔里，是被他表情吓坏了的二人，声如洪钟脸与声音极其不搭配的小孙，女疯子宋春风，但现在疯的是他，他抓住小孙，如同哀求，说，快，走，开车，回刚才你们拉我的地方。

似乎为了阻止他们顺利地返回,雪变得更大,风是突然加入的,吹得车身有些摇晃。车灯里,雪已连成一片,裙摆般地猎猎招展,车风挡几乎不起作用,车必须更慢,方便看清前路。

烟花小队现在像被冰水浇熄的炭火,变得毫无声息。宋春风坐副驾驶上提问,又像是自言自语,怎么突然多了个双肩背包?还这么重要,之前没有啊。

陈亦奇在后排蜷缩着,坐着,心里的他却是站着的,跑着的,冲到车下去的。

车速变得更慢,最终停了下来,小孙打开车窗,伸出头向外眺望,大雪里,路面上一串红灯,绵延了数百米,看不到头。后车迅速跟上,穿在这条红项链的末端。

雪瞬间糊了小孙满嘴满脸。出于司机兼导游的职业习惯,小孙深感抱歉,下意识对这么大的雪,路况不好,包没有看住等每件事儿负起责任,至少负三分之一的责吧。

小孙关上车窗,尽全力推开车门,说哥姐你俩等下,车一时动不了,估计前面有事故,我下去看看咋回事。主要是我记得有条右转的岔路口，现在完全不知道在哪儿。我去侦察下。

现在车里留着陈亦奇和宋春风俩人，后视镜下的灯刚才被小孙顺手打开了，照亮了他们，他们像水族箱里两尾鱼，不同品种，本无关系的两尾。

宋春风回头看向陈亦奇，还没来得及说话，就见他整个人粉碎了一般，突然掉下眼泪来了。后车的灯光勾勒出他瘦削的身形，脸颊变得更窄，向内收起，显得头发更长，眼角有奇异的白光，那本该是年轻男孩才有的。他试图解释了那包是谁的以及为什么重要。他说，那包是曹志朋的，里边儿是他的爸妈……他说，这次来是给他们找合适的海葬的地方……赌博是真的……刚才我以为他不会不拿包就走。

他低下头去，终于一一承认了，关于自己身体里已然崩坏的部分，一无是处的那些，被他自认为良好的秩序，强加于自己和他人的所谓完整，他显得垂头丧气。

忏悔是必要的，只是来得太晚。他应该在更早前察觉，世界并非以他为圆心画出的，但人们给了他错觉,像爱他是他们此生的任务,他们要接受他的需要和不需要,并予以配合。更多时候这些爱变成他的负担,让他不耐烦,那些因为殷切产生的阻力,必须像做任务般地一一解决。

他目之所及的,都被他曲解过,修改为他需要的模样。他从来没有真正关心过他们,别说关心,连看都没有认真看过。

他无法准确描述这个早上和另一个的区别,有时不确切知道现在是几月,除非特冷或者特热的温度让他不舒适,否则他总是晚于他人知道换季了。

他在生日的时候收到祝福、红包和礼物,但他几乎不记得周围任何一个人的,如果有人通知他邀请他出席,他通常是来得最晚的那个,礼物是在附近买的,有时候在家里胡乱翻找,一瓶红酒或者巧克力,或者香水,他实在不知道送什么,不认为这些事儿需要这么大张旗鼓。有时候他还假装没看见微信。

他终于哭了出来,将这几日的旧账一并做了结算。刚才的欢欣似是为了衬托此刻的哀伤,过山车就是如此吧,先将人推到高处,再任由重力将他们拉下地狱。

他终于知道自己不是受害者，是加害者，他是不作为的，视而不见的，生命力几乎没有，心理上有残缺，是徒有其形关系里的任何无心之人。

他要向父母道歉，向女友道歉，向一切自愿或被迫和自己有关之人道歉，向所有扑向自己瞬间就被熄灭的火焰道歉，他怕灼伤，总在保护自己。冷漠如他，现在所得都是必然的，应该的，是咎由自取，罪有应得。

陈亦奇结案陈词般说着，眼泪汩汩而下。酒精没有失去效力，原来此刻他才真的醉了。宋春风识趣地回过头去，刻意留白给他，随便他哭些什么。这时间不长不短，在他意识到自己怎么在痛哭，气氛变得尴尬之时，酒是突然间醒了的。

那拉锁声在静的车厢里格外明显，从右至左，齿和齿正依次顺滑分开。

人类现代生活十大发明之一，拉锁。

原本是为了方便贵族们穿脱踩过马粪的长筒靴，现在变成不可或缺的安全感提供工具，它们紧紧咬合，锁住人类的包、前襟、后背和裤裆。

现在那动作变成升格画面了，如当时那辆冲下高架桥的宝马车一般，任何人阻止都来不及，只得任由它发生。

你看，人生和电影里的无力感都缘于此——炸弹的遥控器总在坏人手里。现在那拉锁就是，在宋春风手里。陈亦奇模糊泪眼里看到她正跷着手指，轻轻拉开一个黑色的双肩背包的拉锁。

陈亦奇惊呼已经来不及，气泡膜纸已经被她撕开，也是慢动作般的，但又快得根本来不及阻止，青白罐子就在里头了，说大不敬之类的话也为时已晚。

陈亦奇扑过去抢的时候，她已经扭开了其中一个罐子，那是瓷器摩擦的声响，像牙齿磨了牙齿，产生疼痛，罐壁比想象中还要厚，带有余音。

宋春风把罐子的正面给他看，说，是凤凰单枞。

不算很好的茶。

宋春风补充。

青白罐子正面甚至贴着红色商标，做得倒是古色古香。她本不信曹志朋，一个赌徒的话。但她做了一个赌徒会做的事情，只不过她又赌对了。刚才也是她，在小孙扶起陈亦奇时不忘拎起那个雪地里的双肩背包，听到里边有瓷罐儿碰撞的声响。她认出是曹志朋背着的那只，于是将它藏在副驾驶位置的车座位下边，看他什么时候能想起它。不是恶作剧，她单纯就是好奇。

车门此时被打开，风雪扑了进来，小孙的声音比风雪晚些，说，堵了五百米，前边有事故。

寒意瞬间置换了车内的空气，让本来凝固住的画面有了新的呼吸——一个机会。陈亦奇别过脸去，避开小孙视线，几乎没发出声响，他将双肩背包从宋春风手里拽过来，顺势用袖口擦掉脸上的泪，再将罐子放进背包。

他拉上拉锁，打开车门，身后传来小孙的男低音，哥，你干啥去？他没回答，直接下车，将车门顺手关上。

宋春风是有能力留住他的，但她这次什么都没做。

她就这样看着他背影，任他走掉了。

善良，好人们无用的美德。宋春风跟小孙说，这是我一直有，一直痛恨，一生都要丢掉的东西。她突然咬牙切齿起来。

小孙坐回车里，看一眼宋春风，张开的嘴巴又闭上，将头摆回中间位置。情势明显不对，宋春风脸上覆着一层霜，类似严肃的东西。刚才陈哥匆忙抹掉的是眼泪吗？原以为只有年轻人才会情感大开大合行为冲动，今天算是开了眼界。这才晚上十点不到，积攒的材料已经够他回味到明年。只是自己愚笨，愣没猜出三个人的关系。而且"抓坏人"的戏码略显不足，不够曲折，主要是自己表现不够好。别说表现了，单是听宋春风讲跳烟囱那段都已经吓破了胆，更何况还亲眼看她掰那男人的手，让他跳下去。

从桥上下到停车场的路上，小孙腿还软着，不敢重新想起刚才发生的事。他回头偷着看了一眼宋春风，立刻被她发现了，她还在一种兴奋里，像一只隼，速度极快，陡然伸出利爪。

她上了车，终于说话了，念了句可惜我的围巾，现在带我去买条新的。她叹了口气，像在恢复体力。

他答了声好。鼓足勇气问了句,姐,你今天说的都是真的吗?

她大笑说,你觉得呢?

小孙说猜不到,姐要买围巾,名牌的话可以去免税店。

她说谁买名牌,带我去当地那些集市里逛逛就好,正好也饿了。

小孙说那你不管哥了吗? 她像没听见,直接说别的。

车向前开着,天空正积蓄着阴云,变为铅色,重重地压下来。要下雪了。

她说,人呢,最绝望的时候反而想开了,所以,千万别轻易绝望。

小孙不知道怎么回答。

她说她去楼顶站过的,就么看着,地面相当远,汽车们如同甲虫,静默无声,大太阳下,光很强,路面是灰色的,人和车,脚下都有个黑影子跟着。

宋春风说,我看到我脚下也有,阳光照着我,暖融融的,我没跳下去,不是怕死,是突然觉得阳光永远都有，不带一点偏心，照着每个人，阳光很好，我不能辜负它。烟囱我没上去过，更没想过跳，那些全是我编的。

小孙惊叹那传神的一段竟是编的，不禁夸了句，编得好。又觉不妥，赶紧转移话题，说那你咋知道他不敢跳啊？姐。

前风挡上，一粒雪花飘落下来了，瞬间变成水滴。宋春风说，我不知道。赌了一把，我赢了。我总是赢。

小孙倒抽了一口冷气，说姐那我带你去个大市场，要啥有啥。

说是集市，也是食街，小孙每次都推说不好停车，让顾客自己去玩两个小时，正好给彼此个喘息空间。但今天不同，他愿意陪着宋春风，发自内心。

一年没来，大市场样子丝毫没变。大棚下边，熙熙攘攘，叫卖声音乐声不绝于耳。橘子和济州岛特色的手工艺品自是不少，摊位上诸如泡菜饼、海鲜饼、烤海鲜、肉串之类小吃也是琳琅满目。餐厅们各显其能，因为位置都藏在摊位后边，便使出浑身解数招揽顾客，烤肉店门前的充气猪形人偶冲着过往的人不断摆手，海鲜锅餐厅门前有三个女孩跳舞，音乐声鼓噪着。

摊位上也不示弱，深知网红经济时代形式必须大于内容的真理，一半做售卖一半做表演，年轻店员肌肉很好，先将掌心用火点燃了，当然戴着手套，烈焰里分开两指，比耶的形状，供游客们拍照录像。然后他将那团火扔到铁板上，整个铁板瞬间变为一团火海，肉串们开始吱吱冒油。

宋春风捧场地尖叫，少女般的，完全不是刚才在桥上掰人手指催人去死的那个人。

宋春风买了两个肉串，两个鱿鱼，自己只留下一个肉串，剩下的强行分给小孙。

她走遍了整个市场，细细嗅橘子们的味道，尝尝韩式的酥糖，再仔细将菜摊上的菜一一看过，研究价格，笑说济州岛和东北差不多，看起来品种多，大类却只有萝卜、白菜和辣椒。

小孙跟着哈哈笑，整个人放松下来。

她不赶时间，或者说在打发时间，边玩边等的样子。

俩人最终找了间面馆坐下。小孙喊来阿姆尼，点了两碗传统温面。端上来的面条细白，汤不好形容，又浓又清淡，很有营养的样子，配上萝卜丝紫菜和葱花芝麻，一口下去，身体立刻暖了。

小孙看宋春风目光紧盯着的那个阿姆尼，和她差不多大，裹着白色头巾，白面皮，眉眼温柔，动作利落，对顾客有种不带偏私的亲切。只是那手，是双常年在集市摆摊儿历经风霜的手。

宋春风有些慨然，跟小孙说女人好惨，各个阶段都被定义，被叫作妹妹、姐姐、妈妈，被叫作什么都有相应的规范，得是那个的样子，而一旦被叫了阿姆尼，就真的会变成阿姆尼的样子，充满慈爱和耐心，对他人保护，要完成他们的期待。

小孙听得似懂非懂，颇受启发，想了想，说，还真是，男的比如弟弟、哥哥和爸爸，似乎听起来都是被爱护多过被要求，到了"阿扎西"，简直可以不用再做任何期待，只要不是个太坏的人，就是好的。

他们又点了一盘泡菜饺子，泡菜牛肉馅儿，一口下去，汁水四溢。

小孙抢着买了单，他说，姐，一来我必须得尽下地主之谊。二来我觉得你好棒啊，我好久没有觉得自己学到东西了。

宋春风说小孙你要好好的，做好的人，新的人，不是传统的那种男人。小孙像得到了什么指示，差点说出保证完成任务的话。宋春风有种让人听话的魅力。

饭后，宋春风去买到了新围巾，卡其色，一种韩式手工织法，像粗布的质感，却很柔软。她很是满意，另外挑了条墨绿的，不知带给谁。

小孙被迫成了她的模特儿，她说，你也白，适合这个颜色，黄皮黑皮都不行。

她将围巾从小孙脖子上扯下来，跟他似乎极为随意地说了一声，小孙，你跟阿杰说，什么时候甩掉了陈亦奇跟我们说一声，我们得把这傻子捡回来。

小孙说好。转身到店外打电话，阿杰那边骂骂咧咧，先埋怨了小孙，又说这哥俩不知道聊什么呢，好长时间了，自己还没有吃饭，不敢离开车，你个王八蛋。

小孙说你反正一旦甩掉了他你就告诉我，你怎么老说脏话呢？你要做好的人，新的人。

阿杰说你滚蛋，你怎么知道我们会甩掉他呢？

小孙说，反正你记得告诉我就行了。我请你吃大餐喝大酒。

然后他们逛到一家烟花店。宋春风说加特林肯定是要的，剩下矫揉造作的那些准备细挑下。结果阿杰这时来了条微信，说，人已经甩掉了，顺带发来了一个地址。又骂了句，谁他妈这么料事如神？

小孙按熄了手机，跟料事如神的宋春风说了。她脸上有赢了的神色，看着架子上的烟花，说，傻子要是一起的话，那就都要了吧。

她显得高兴起来，像找回了丢掉的东西。

路上她说，好久没有这么开心了。她那时还没有坐到副驾驶位置，小孙透过后视镜看她，她眉眼舒展开来了，脸上有因为温度变化产生的红晕。放烟花。她说着。放烟花去。她像要唱起歌来了。

雪没刚才那么大，风也缓和了些。地面上有积雪，踩下去嘎吱作响。山林静默着，围观着人类的焦急。

路上停着的车们都没关发动机，随时准备起锚。

陈亦奇缩着脑袋，脚下是排气管们滚滚冒出的白气，他不断向前走着，可以这么一直走下去。

拥堵有暂缓的意思，车们开始从他身边驶过，他的背影看起来应该相当孤单。车灯照出他的影子，在斜前方，先是巨大扁平的，然后向后摆动，逐渐具象成为他，再向后甩，迅速消失了。

怕被宋春风他们的车追上，陈亦奇看到一条向右的岔路，想来就是小孙说的那条，人赶紧拐了过去。路不宽，几乎没有车，他尽力疾步向前，能听到自己沉重的呼吸，他上气不接下气，像有人马上要追上来了。

脚步声越来越近，他猛地回过头去，看到紧跟着他的不是别人，是刚才车中痛哭过的自己。

在他忘掉自己多年之后，他终于找回了他。

10.

早上九点，陈亦奇迎风走下降落在北京大兴机场的飞机舷梯，按惯例没有托运行李箱，是那种典型的可使用双肩包出差的高效男人的模样，滑稽的是背包他目前双肩各有一只。坚硬、厚实、龟壳般的，水陆两栖，可随处放置。在拥挤地铁里可以拓展空间，保护自己的肋骨，顺带伤害别人的。里边盛放的家当必然能安身立命，男人们的荣耀之物，笔记本、iPad、电子书、一万毫安的充电宝，紧急时可以防弹。所以曹志朋怎么能丢下双肩背包呢？男人要背双肩包，里边什么都有，要么空着手，随身只有一只手机，像什么都不需要。目前陈亦奇收缴的这只包像是战利品，提醒他此行目的及结果——找到真相，接受失败。

昨夜步行到酒店后，冻透的陈亦奇酒劲儿完全散去，赶紧洗了个热水澡。随后他订了次日早上七点的航班，航程两小时，将落地大兴机场，离家很远，但他接受。降落首都机场的那些航班都要到下午才能起飞，他实在很难想象再在济州岛消磨一个上午，也害怕再见到宋春风。

寻找曹志朋已无意义，双肩背包内的罐子被拧开时，他对一切突然有了新的答案。

睡着前，他听了听隔壁房间的动静，手在宋春风的微信页面停了五秒钟，最终打出了那句：谢谢你。只是说，我明天回去了。

宋春风没有回他。不知道她人在哪里，什么状况，希望她开心，最好正在狂欢。

早上五点半，陈亦奇早于定好的闹钟醒来。他洗了把脸穿好衣服准备去往机场，心里空落落，像丢掉了什么东西。

开门时他发现门把上挂着一个塑料袋，打开看，是条墨绿色围巾。上边有张酒店的便笺，写着：愿得真心自由。字体秀丽，藏着风骨。

他双手拿着围巾，看了一会儿，默默将它装到自己的包中。真心和自由，他两样都没有。

他路过宋春风的门，稍停了一下，手指停在门上，最终没有敲响。

他转身走了，心中说了句，宋春风，再见。飞行途中，他将昨夜在车上忏悔过的，又重新忏悔了一遍，回去有很多事情要做。

现在接近十一点，阳光照亮了半个房间，陈亦奇站在暗的那一边，看窗口琴叶榕张开手掌，朝向阳光的方向。他很少这个时间在家，周末常常睡到中午以后，从来不知道这房子客厅的阳光在冬天能这么好。

房间里有股灰尘的味道，是搬家带来的，看来女友在不回他微信的日子里，做了不少安排。至少目前看起来，她确实已经把自己的东西搬走了。

陈亦奇到卧室看，衣橱被清空了一半，衣服只留下他的乏味的那些。

女友曾经抱怨，说他从来不知道她有什么衣服，比如睡前，把他从手机屏幕前叫过来，突然问他自己今天穿了什么，他回答不出。

女友当然失望，他打哈哈说，穿什么都漂亮。

女友说，你只用说出是什么颜色。

他也不知道，就随口胡诌，黑的。

女友认真，说，是灰的，谢谢。

他接着笑，跟她说，你别钓鱼执法，你这样挑战人性很危险，最终会自食其果。

女友说，我不是挑战人性，也不是挑战你的记忆力，我是挑战你有没有关注我，但这显然更难。

他没有再回答，笑着把视线挪回到手机上去。

有时候，他在厕所躲着，严格意义上不算躲着，只是娱乐一下，打一把游戏，那是他每天难得不用处理任何信息的时间，比干什么都快乐，有时十五分钟，有时发挥不好，要再来一次。最多三次，他是有节制的人。

他从厕所出来，女友往往已经睡了，通常背朝着他，看不出是否生气。

应该不会。

他们两人对彼此了如指掌。她这两年变得沉默，自信有点下降。她剪了短发，到耳际那种，也是经她提醒他才发现的。他说这样好打理些，也是瞎说的。

他有疑问，但没有问，女孩的事情他总是搞不明白。难道短的不是更难打理吗？早上，他穿着内裤刷牙，闻到煳味，看镜子的右侧，是她又在用直板夹和自己的发尾较劲。他又想，长头发时她们睡觉，到底是把头发放在头下边，还是把头发都放在枕头外呢？他全然忘了。

事实上，他们好久没有亲近。有的时候她累，大多数时候是他累，累出声响，一接近床和晚上就开始长吁短叹。想起又要洗澡再来一轮，他就有点心不在焉。还是打游戏更好，解压，一个人就行。

几次拒绝之后她似乎没有了欲求，随之减少的是她的大笑。她沉静起来，睡前看书，然后默默关掉自己那侧的灯，但不忘说晚安。有时他已经睡着了，手机滑落在一边，他戴耳机，所以有时即便醒着，也会错过这句，听不见。

现在陈亦奇站在一月份的阳光外，面对那张床，突然想到这些画面，床上搁着他未尽的责任，人慌张起来。值日表上，写满了自己的名字，而他什么也没有做。

他们是曾紧紧抱着彼此的，后来变成牵着手，再后来就背对背了。

不怎么做爱之后，睡前时间变得越来越多，一开始还有些尴尬，为填充那些时间，他们分享一些东西，比如看到的手机应用里的内容，再就此谈上几句，但人的注意力就那么多，还是做自己喜欢的比较容易专注些，假装有兴趣是非常累的。

他们后来就都接受了，相安无事。

床头收拾过了，她那侧只剩下一堆书，那个充电的可触控的棕色小台灯，现在站在书的旁边，这是陈亦奇送她的，三年或者更久时间前，他在一个咖啡店里发现了它，拍了照片，到网上搜了，纯进口，很贵，等了半年才到货。这半年里，佛山的厂家已经将它卖得满地都是，中国版比原版大，多了五种荧光色，好在没有原版的这个。陈亦奇有一种侥幸的胜利感，坚持没有退货。他认为女友会喜欢那个棕色，涂抹均匀的巧克力般的。

那是什么时候的事儿？他俩一起参加某个时尚

活动，有人给他们俩拍照，说你们俩好登对，都是秋天型的人。他暗暗记下来，大地色、落叶色、果实色、墨绿色，秋天的色彩适合他们的脸。这是他送给女友的最后一个礼物，是他想着她关注他的一个证明。

现在他走过去，突然想知道她在看什么书。心理学相关的有两三本，是《心流》《深度关系》《自我决定的孤独》，文学小说若干，繁体版本的《乔凡尼的房间》，白石一文的《爱有多少》，辛波斯卡诗选《万物静默如谜》。

他随手打开那本《乔凡尼的房间》，折页的地方，不知道她为什么会重点用蓝笔画出这句:因为爱已死，热情转为冰冷。那是了不起的过程。下一处是红笔:现在我不知道，从什么时候开始我看着赫拉觉得她很乏味，对她的身体毫无兴趣，觉得她的存在让人难以忍受。一切似乎同时发生——我猜那表示这样的清醒已经发生有一段时间了。

陈亦奇没有再翻，那画线外的红色叹号，像她在尖叫。

她应该是合上书，看他睡着了，灯光打在他的脸上，他的尖鼻子在脸颊上留下阴影。可他为什么变得如此陌生？那对应的她呢？除了剪了短发，也变了吧？她失去得多还是得到得多？

最下边的书是绘本，沉甸甸，两册，很少的字，大幅插画，以年为单位，每年都写了一件重要的人生事件。三十四岁这页上写着：现在你是大人了。图是人们围坐在桌旁，桌上有咖啡，有人扶着头，像在发愁。

绘本书的名字是《你想过怎样的一生？》和《你想和谁相伴一生？》，像这是她内心的疑问，每天都会问自己两次，睡前一次，醒来后一次。可惜，他都不在场。

她似乎不敢再往后看，书签就放在三十四岁那一页，仿佛接下来的岁月全是艰难。

现在他意识到那是他的年纪，手像被烫了一下，像偷看了她的日记，赶紧把绘本合上了。手机将注意力转化为信息流，又被他们藏在各个App中，没有痕迹。纸质书却很诚实，你会发现它的读者在思考着什么，盼望着什么，对什么持有疑问，甚至书名里都泄露了一部分他们的念想。

他早上起飞和落地时想给女友发微信说一声,但最终没有这么做,他觉得自己不配得到回复。他在经历昨夜后知道了很多事情的答案,所以现在看到女友搬走也并不算吃惊。

陈亦奇站回客厅的时候,发现客厅的书架也空出一小半,他很久没有碰过的手办们都还在。怒目圆睁的达摩,肌肉累累的美国队长,躺姿的《鬼灭之刃》里的戴着猪头的嘴平伊之助,《鱿鱼游戏》里主持"木头人游戏"的女孩……

这书架是和女友共用的,现在空出来的部分之前必然是满的,但放过什么他竟一个都想不出。说起来,女友也是爱手办的。陈亦奇去摆摆书架上美国队长的方向,那手办脚下似乎被什么粘住了,他稍微用了些力,队长的脑袋掉落下来,他伸手想接没接住,那人头就在地上弹了几弹,滚到沙发底下去了。

陈亦奇人跪倒在木地板上,双手撑地,膝盖被硌得生疼,脸看向沙发下边,与地板平行,那里全是灰,是卫生死角。

美国队长的头面朝里躺着,留个后脑勺给他。距离有点远,他俯下身去,还是够不到,现在必须得把脸贴在地板上,再尽全力伸出右手将它取出。

他鼻子向外喷气,发出奇怪的声响,他指尖终于碰到了美国队长的脑袋,队长终于翻过脸来看他,表情严肃,眉头紧锁,样子极不情愿。他再尽力将身体贴近地面,终于,他将它攥在手里了。

门在此时打开了。

门外是女友的声音,语带轻快说,辛苦你,最后一趟了。他想站起来但来不及。他们住的这个房型没有玄关,他立刻暴露在女友的视线中,呈青蛙状。

女友穿着离开那天的黑色羽绒服,下身穿灰色牛仔裤,头发被硬生生梳起了,留下耳边的两绺儿,显得俏皮。

她愣了下,看清地上趴着的是他,瞬间恢复了正常。

他赶紧站起来,解释般左手捏着队长的头向她示意。她目光却穿过了他,像他是透明的。她没有听他的解释,也没跟他解释。她懒得再这么做,解释也不再是她的责任。

她继续跟身后的人说，你看，冬天阳光能照进来这么远。身后的人附和了下，看到了陈亦奇，处变不惊，跟他点头打了招呼说了声：陈哥，您在呢。

来人穿着蓝色西装套装，外边是同色长款羽绒服，拉着一个露营推车，该是来帮着女友搬家的。

陈亦奇下意识点头回应，想着这人是谁，看起来他是认识自己的，但一时没想起来。女友和这男的都挺从容，他倒像个不速之客了，是房间里多余出来的人。俩人没有停下脚步，露营推车已经被拉到卧室里，他们应该是在装刚才的那些书，还有衣柜里打包好的夏天的衣服，他刚才都偷看过。偷。看。过。陈亦奇被这三个字吓了一跳。

他看到女友和蓝西装出来，女友还在笑，不知道在笑什么，有什么好笑的？他突然有了一丝愤怒。

她没再看他。

他正将美国队长的头放回原位。那男的已经拉着车走出门去。他怎么也放不稳美国队长的头，他想要叫住她，问她些什么，这头怎么这么难装？他的电话在裤兜里响起来，他恼火起来，放弃了，将那头摔下，头赌气一样，又跳下来掉落在地板上，弹了几弹。他没看它蹦去了哪里，必须抓住最后的机会。他喊了女友的名字。

林净……怎么有些拗口？

林净回过头来，她的脸小小的，标准的六角形，看起来还像个女学生。

她终于在搬离这个房间前，重新拥有了自己的名字。再也不是"女友""媳妇儿""我媳妇儿"或者"她"。

小肖你等我一分钟。她跟门外的蓝西装喊了声。

蓝西装应了声说，好的。

陈亦奇看着林净，问，你找到新房子了？

对，不是找到了，是买了。很小的一套，是空房，先住过去，再考虑怎么装修。她说得平淡，像在电梯里碰到了邻居，但比给邻居的信息多了些。

林净接着说，现在首付款调低了，公积金贷款也能贷不少，所以就想着，还是得有个自己的家。东西我都收完了，剩下的如果有忘了的，你就自己处理吧。

陈亦奇的电话持续地响，010开头8位数，北京的宅电，不知是什么机构，大概率是诈骗电话。

他挂断了电话，问她，那我们……

林净看着他，等着他把话问完。

门外是电梯到达的声音。她的脚有个向外迈的动作，她给他的时间到此结束。她了解他，于是给了他足够的同情。她替他补充了问句，也顺带做了回答。她表达能力极佳，爱读书，文采斐然，有时会写写东西，只是他从来不看。

她脚踏出门去了。声音留在空荡荡的房间里。她说，我们……分开吧。其实早该分开了。

喂？陈亦奇接了电话，喂！门外，电梯间里，蓝西装的手机铃声响了起来，是一首歌，令人烦躁。

陈亦奇的电话这头，一个女声说，陈先生您的车检查完了，是发电机的问题，现在是需要您确认下，我们这边好开始工作。

确认什么？对方愣了一下，感受到他语气中的愤怒。因为已经过了保修期，所以看您是否愿意重新换一个发电机。

换一个？你们给换。

我们给换。

那是我买吗？

……是的。

蓝西装的铃声继续叮叮咚咚，现在人到电梯里去了。他向林净解释说，骚扰电话，不能挂也不能接。

林净说，精英人士都俩手机，歌倒挺好听。俩人又笑。电梯门应声关上。

陈亦奇说，我现在到店里去，你们等我！他挂断了电话，房间地板上空空如也。他四下找了很久，美国队长的头，最后没找到。就是找不到了。书架上，他脖子以下的部分，肌肉还是鼓囊囊的，盾牌挡住了下半身。脖子上，现在只剩个方形的铁柱，人的姿态还是在坚守住什么，但已经失去了全部表情。

发疯，不就是发疯吗。陈亦奇在这个中午，把自己当作了宋春风。他从来没有如此凶猛、狠毒、充满斗志。那来应对他的男服务人员好像之前的他啊——活的死人或者死的活人。明明醒着，却像睡着了，开水都烫不醒。他眼皮也眨着，可却不像看见了他，像他是透明的，这让他更加恼火。他拍了桌子，声音越来越大,手指头变成暗红色,像刚贴完春联。

我所有的保养保险都在你们店里做的,前不久刚做完全车保养,我正常行驶突然车坏在路上,幸亏我当时是停下的,要是在高速上呢?谁来负责?要是高架上呢?任由我冲下去吗?陈亦奇想起那辆冲下高架的白色汽车,缓慢、车的零部件像雀群惊起。

男服务人员真实的表情很短,稍纵即逝。他一定是觉得他吵,声音太大,只有情绪,没有诉求。他皱了下眉,脸中部涌出一丝厌恶,迅速用假笑覆盖,回到职业的面无表情,避免被抓住漏洞。

他问,您现在是不满意我们的方案对吗?激怒人这方面让他看起来不像是个新手。

我不满意!我非常不满意!陈亦奇接近于吼,你处理不了那就换个人处理。陈亦奇觉得被轻视了,此时此刻不可以,以后也不可以。

那人得偿所愿,连忙说好的好的,您稍等。

他转身出去了,留下陈亦奇双肩颤抖着坐在那暗色调办公室里,完全没有光,不知道外边几点。他眼冒金星,口干舌燥。

二十分钟后，一个朗声笑着的身形魁梧的主管进来，普通话异常标准，显得咬文嚼字，他说您的心情我理解。陈亦奇说，你不用理解我！

您别生气。

我没法不生气！

那这个事情您想怎么办？

这一下子难住了陈亦奇。以往这场面曹志朋根本不会让他说话。他来不及思考，脱口而出说当然是由你们全权负责了。

对方说，我们肯定全权负责，这个您放心，但您的车确实出了保修期了，费用上我们可以做一些优惠，但不可能做到完全的免费。真的，做不到。他声音越来越坚定，像个配音演员，配的是反派，目前还没亮相只在黑暗里喋喋不休要杀掉全世界的人那种。

四十分钟后，几经拉锯，陈亦奇在体力耐力上败下阵来，最终接受了对方的条件：五折价格优惠购买原厂发动机、免除安装服务费、加赠三个月保修服务。陈亦奇好饿，恰逢饭点，终于吃上了4S店的贵宾餐。今天是卤肉饭，赠卤蛋两个，夹不住，掉了一个,滚得老远,像刚才美国队长的头。

开车回公司的路上,陈亦奇给会计芸姐打了电话,简单说了下济州岛情况,但隐去了宋春风的同行和曹志朋讲的故事。

最后他说,现在就报警,我一会儿到公司,配合相应调查。

芸姐说,那员工们呢?

他说,瞒不住的,明天我会开会跟大家正式说。

他内心突然轻快起来。

是更接近年底的这周,朋友们要聚会,公司要尾牙,晚高峰从下午三点半开始。导航上,他车所在的这段已经是猪血色,提示通过需要四十八分钟。车们首尾相接,趴满了整条环线,像在完成一种静默的祭祀仪式。

手机救了车里大多数人的命,但不包括陈亦奇。他突然忆起强光直射的那天。那辆车,大概就是在这位置冲下高架的。他突然理解了那位司机,他一定有某种让一切重来的迫切。也是自那时起,一切变得不同。

他看向车的右侧,试图找到确切的事故发生地。

一辆奥迪加塞进来，和他并排。里边的司机正襟危坐，穿着西装。然后，他想到了什么，拿出手机，疯狂在微信里搜索，他突然想起那个陪林净来取东西的人是谁了，并且他还有对方的微信。只是他从不备注，所以对方姓什么叫什么昵称是什么全然记不住，但脸是有印象的，是他们的标准照片，穿着西装，志得意满之态。

他在搜索框里输入"房"字，然后向下翻聊天记录，除了和林净、曹志朋、妈妈的沟通里有之外，还有几个，其中一个，署名单字一个"肖"的，打开对话记录，他说，哥，很高兴认识。陈亦奇说，这么热的天，辛苦你了。他说，保证完成任务！附带三个笑脸。

对了，刚才林净也是这么叫他的，小肖。

小肖，房屋中介，两年前带他和林净看过房，每周两次，连续三周。正值八月，天气很热。小肖每次都带三瓶冰镇饮料，两瓶三得利乌龙茶，一瓶矿泉水。乌龙茶递给林净，那是她最爱喝的，剩下的让陈亦奇自己选。陈亦奇大部分时候选水，完全不渴时选茶。

他觉得小肖人不错，脸上没有功利之相，给的建议还中肯有效，非常专业。

那时林净刚将从宜家买回书架装上，房东打来电话说要卖房，她本来正在乐滋滋地分拣需要留下的好书。被通知后人很崩溃，对无法控制的生活感到厌倦。

她越说越气，最终哭出声来。

陈亦奇继续理她放满地板的书，随口说了句这有什么办法？她红着眼睛穿着拖鞋出门去了。一会儿就又打电话让陈亦奇下楼到南门来。

陈亦奇有些恼火，走到南门时候脸上背上全是汗水。随后看见林净正在树荫下吃冰棍儿，裙子在风里轻轻摆荡，她情绪变得很好，和手持同款冰棍儿的另外一人有说有笑，那人正是小肖。

那么热的天气，他还穿着长袖衬衫，系着领带。小肖面皮黝黑，眉眼很浓，冲他笑说，陈哥你好。

看房之旅就此开始，好的当然很贵，差的则因为差价格显得更加离谱。绕着东三和东四环，三人找遍了和他们预算相对应的小区。大部分破旧，充满霉味儿，有的原来住客尚未搬走，家里满当当的全是东西，别说格局，连墙壁都很难看到。

他们被迫向城市中心外移动，到地铁尽头，再坐小巴，到没有路为止，常常是四周什么都还没有，新的楼群却在拔地而起。他们想找一棵树乘凉未果，手里的饮料已经变成热的。女友皱着眉头，一切都和她的想象出入太大。陈亦奇反而没有过分失望，因为他压根没设想过。

买房，一种在他看来愚蠢的行为。

他的轻慢被林净注意到了。这暴露了他的不屑，所有决定是她做的，当然要由她来负责。

林净问他是不是完全没有考虑过买房，他嘟囔了一声说，确实还不到时候。

林净说什么时候是时候？他说反正不是现在。

这是他记忆里林净第一次当着外人和他发火，她说自己喜欢的画不敢往墙上挂，她讨厌使用别人的马桶可房东又执意不让换，房东的破床咳嗽一声都会叫唤半天，餐桌上的灯打开时跟手术室一样亮，陈亦奇你是看不见还是完全不在乎？我在不断努力地营造我们的生活，努力地让这里像个家你根本没发现是不是？

小肖借口打电话走到二十米外，更远的楼盘里传来钢筋被锤击的声响，因为四周什么都没有连回音都没有。

陈亦奇的电话在这个时候适时地响起，他开了免提，空气里没有一丝水分，所有的空气都在燃烧。

房东说小陈啊，你们接着住吧，房子价格感觉还可以再涨涨，所以我就先不卖了，我可以再跟你们签两年约，但房租必须得再涨点儿。

女友愤怒地转身离开，陈亦奇在后边和房东在电话里撕扯。

回程后，小区楼下，林净和小肖道别。那日有巨大的火烧云，霞光让她的脸红红的。小肖，这段时间辛苦你了。有什么需要，我第一时间找你。

小肖说好的。

林净走进霞光里了。陈亦奇疾步跟上去。林净到家后正常和他说话，俩人喝了一罐冰啤酒。他有点儿困，在沙发上睡着了，然后听到咕咚咕咚的声响。睁开眼睛看到，林净把书架上的书全部拿下来了。他说你怎么回事？她说在有自己的家之前，我不配拥有它们。次日,她的书被一个叫飞蚂蚁的机构全部收走,四个蛇皮袋。她客气地送走快递,关上了门。

是的。从那天开始,她就开始放弃,直到今天。

天色渐渐黑下来,车速变得更加缓慢。陈亦奇打开收音机,里边的主持人正在播报,冬至,太阳到达270度,几乎直射南回归线。这一天,北半球的白昼最短,黑夜最长。也是从这天开始,开始了"数九"寒天,九个九天后,春天就回来了……

陈亦奇再按一下,调到音乐模式,蓝牙里是当时自己查过的那首歌,宋春风的主题曲。男歌手仍是凄苦深情的:红颜若是只为一段情,就让一生只为这段情,一生只爱一个人,一世只怀一种愁……他拨通了宋春风的电话。

你在哪里?

我刚落地……

你等我,我去接你。

啊?

等我就是了。

他很急切,非常急切。

谢谢你。林净看着小肖弓下腰，衬衫向上挽起，胳膊有运动的痕迹。他正在全力将那露营小车恢复原状。能听到他的呼吸声。

房间不大，但客厅和卧室都是朝南的。剩下的卧室和洗手间相对，就在门的两侧。房子保护得很好，小肖说了，这是他一直在替她看着的。这个价格也太合适了。

那个夏天开始，他每周五都会发条房子的综合情况给她和陈亦奇，像做周报，慢慢变成了习惯。有时候，还会发给她奇怪的房型视频，比如，三角形的房间，阶梯教室房，胡同里四十平的三室一厅等等。他们开始不回，像大多数客户一样。他早习惯了被拒绝，对这样的反应安之若素。

直到有天，她回了他，说别叫我姐，叫我林净就好。叫姐显得，我非常老。

他们开始有一搭没一搭地聊天，什么都聊，没有负担，很多时候戛然而止，不知什么时候又再续上。他后来不再往有陈亦奇的那个群聊里发房屋信息，像大多数手机里出现又默默消失的销售、服务人员一样。

话题一再深入，他开始了解林净。她关于工作的想法，女性在这个人生阶段的困惑和焦虑，包括思考到底要不要孩子，为什么家和个人空间如此重要。顺带着他也开始了解陈亦奇是个什么样的人，什么性格，做什么工作，为什么做这个工作。

他偶尔也帮她分析为什么他会变得漠然，从男人的角度，他说很多人都是这样的吧，谈恋爱也像完成学分，很多人对自己的要求就是不能挂科而已。

他后来在楼下碰到过几次陈亦奇，看他弓着腰，单手握着手机，衬衫塞进裤腰，腹部空空的，他那么了解他，陈亦奇却对他一无所知。

他安慰她说，至少他没有变胖。林净就笑，说，脑满肠肥有很多种形式。

他和林净变得亲近，但没有任何暧昧。有一次他发过去了晚安，意识到后赶紧撤回。

她问，你撤回了什么？他说打错了字，没什么。

他心在狂跳，那个对着玻璃窗上贴的房屋信息流眼泪的女孩就站在他面前了。那天，他去买了两根冰棍儿，走回去，看到她在哭。他说，这么热，小心脱水。然后递了根冰棍儿给她。

故事总是开始在最普通的时间，有时候会突然难以为继。像现在，没有下一步的现在。

他正在她房间里帮她合起露营车，并不复杂，他却搞了好久，手不争气。他能听到自己的鼻息声，房间里暖气过热，他的脸变得更红些。终于收好了。他站直身体。

身后的林净看着他，她脱掉了羽绒服，穿低领毛衣，脖子露出来，中心位置是个透明的露珠状的项链坠，像被刚刚滴落上去。

她看着他，也不知道下一步怎么办。只得重复说，真是辛苦你了。客气话将他推得老远。他觉得自己出汗了，身上似乎有不好的味道，他拿起沙发上的西装套上，再拿起羽绒服。他也只得像她那么客气，他们在线上比线下亲近那么多。

他说，客气了，有事儿随时说，我一会儿把那个地毯厂家给你。你自己选选。

话已至此，必须得走了，天已经黑了。冬至的白天最短。

他打开门，跨出门去，动作慢又轻。

她送他到门口。他想她叫住他，一起吃个饭什么的。最好是她说，如果她到关门时还不说，他就主动说。庆祝乔迁，我们一起吃个晚饭吧。这样显得做作了，还"乔迁"。那这样呢？今天冬至，应该吃饺子。一起去吃饺子吧？显得随意一些，像一个普通的邀请，被拒绝了也不伤感情。但吃饺子不是最好的选择，今天每个饺子馆都人满为患，北方人的仪式感都反映在吃饺子上。她喜欢韩餐厅，她说过天气冷又不知道吃什么的时候，就去韩餐厅。

他这样想着，耽误了最佳的开口时间。他回过头去，刚想张嘴，她也许是累了，脑袋倚在门上，啪，她按开了门旁边的灯。

光把她的影子打在了楼道里，她和他被分成两个空间，她在光里，轮廓也是亮，客厅被暖黄的灯光照得满满当当。

她说，慢点儿啊。

他在暗处，只得说好。

像挂电话一样地关上门，林净长吐一口气，再顺手关掉了客厅的灯。

她有点儿后悔,怎么没有将陈亦奇送她的那只台灯拿回来。她喜欢暗的多点光源,完全无法接受白炽灯。她坐到黑暗中的沙发里去,麻质的,也是小肖陪她去宜家买的。

三天真的可以干很多事儿。他们在宜家逛了一个上午,像很多小情侣一样,但他们不是,他们不亲密,也不吵架,他们很开心,她用一个本子来记编号,小肖负责来确认尺寸,材料和颜色则由她说了算。

中午他们在宜家的餐厅里吃午饭,推着盘子跟着人群走,她看着小肖的圆脑袋。他好像背后有眼睛似的,突然回过头来。他笑了,牙齿很白,像个当兵的。说,我还是习惯站在你身后。

他要求过分了,但她还是顺从地换了位置,心狂跳了起来。

人很奇怪,一旦要求被另一个人允许,关系就开始有质的变化。

她感受到身后灼热的目光,突然意识到自己对他倾吐的时间过久了,她心里一惊,身后竟是最了解现阶段她的人。

她明确了什么，立刻选择站得更远些，她耽溺于此太久，这对他也并不公平。

什么时候开始的，她已经下意识可以跟他说"晚安"了？又是什么时候开始的，他开始跟她说"早早早"了。雀跃且准时，像个欢快的闹钟。他是什么时候在她谈及陈亦奇的时候不做评价一言不发的？她为什么到现在才发现呢？

林净在沙发上苦恼了一小会儿，又放松下来，觉得或许是自己自作多情。窗口映出外边霓虹的光，五颜六色的。她现在竟然不觉得孤独，也不忧伤，一点都没有。孤独从来不是一个人吃饭一个人睡觉一个人看电影，孤独是没人看见自己，更别提理解了。孤独是有盼望但从来没有得到满足。

她终于承认和陈亦奇在一起的时候，她最孤独。

陈亦奇现在终于被她从心里连根拔起了，那里是一片新土，将来必然会被什么填满。

她庆幸陈亦奇没有挽留，她不大想面对后悔、痛心疾首之类的陈词滥调，他不该那么做。

她坐在那里，找到了那首歌，刚才她问了小肖歌的名字，只是另外的版本，女声的，是潘越云，声音厚重宽阔，更像一种宽恕，不像男声那么苦情，不依不饶。手机声音很单薄，但也够听了。小肖说，那首歌叫《最爱》。

她突然感动起来，发了个微信给小肖。

天彻底黑了，小肖开着自己的电动车，听到兜里的手机响了一声。他抬头看了下八楼的那房间，不知什么时候，那灯已经关掉了。他没看手机，不想看，怕她叫他回去，又怕她没有叫。

他把羽绒服的帽子扣上，忘了戴手套，好冷。他鼻子冻得通红，像刚哭过。肚子里空荡荡的，也不是饿，就是被掏空了。

到公司后，他把电动车停好，掏出手机，微信来自林净，干净的净。微信界面里，背景是他那天偷偷拍的她，那个夏天，她穿着裙子站在玻璃窗前假装看房屋信息，其实是在哭鼻子。

这才是原版。她在微信里说，下边是那首《最爱》，古典的封面，她把歌转给了小肖。没有说其他的话。

他在电动车旁站着,像进入到一种叙述里去。然后他另一只手机响了起来,铃音巨大,也是这首《最爱》,男声版本的。

路灯下,梧桐树的叶子落光了,剩下斑秃的枝干。学生们已经放学,三三两两在小卖店聚集,脑袋挤在一起看游戏直播,有的在门口买烤肠,理发店没有生意,染着黄头发蓝头发那些人在抽烟,互相打趣彼此,喊着彼此的洋名字,后缀统一加上老师。

今天天黑得太早。他拿出手机,有点儿疲惫。他把帽子摘下,冷空气迅速占领了他,他按开手机,光照在他的脸上。有个声音喊了一声。

陈一起!

他几乎要下意识地答应了,循声望去,离他十米不到的树下,站着一男一女。俩人看着他,像狩猎的老虎豹子。他真的有点累了,没有要逃走的意思,任那手机铃声这样响着。

女人是宋春风。

男人是陈亦奇,那个他一直想当的人。

后记。

真露很好，如果你还记得的话，对，是那只无毛猫，现在跟宋春风在北京生活。

     第一稿完
    2024年12月21日
      冬至
     于北京。

    2025年2月21日
      第二稿
     于北京。

    2025年5月5日
      第三稿
     于北京。